수상한 선감학원과 삐에로의 눈물

수상한 선감학원과 삐에로의 눈물

청소년 성장소설 십대들의 힐링캠프, 청소년 인권(선감도)

[십대들의 힐링캠프®] 시리즈 **NO.26**

지은이 | 김영권
발행인 | 김경아

2020년 9월 2일 1판 1쇄 인쇄
2020년 9월 9일 1판 1쇄 발행

이 책을 만든 사람들
책임 기획 | 김경아
기획 | 김효정
북 디자인 | KHJ북디자인
교정 교열 | 홍정훈
경영 지원 | 홍종남
표지 삽화 | 발라
베타테스터 | 박준서
제목 | 구산책이름연구소

이 책을 함께 만든 사람들
종이 | 제이피씨 정동수 · 정충엽
제작 및 인쇄 | 천일문화사 유재상

펴낸곳 | 행복한나무
출판등록 | 2007년 3월 7일. 제 2007-5호
주소 | 경기도 남양주시 도농로 34, 부영e그린타운 301동 301호(다산동)
전화 | 02) 322-3856 팩스 | 02) 322-3857
홈페이지 | www.ihappytree.com
도서 문의(출판사 e-mail) | e21chope@daum.net
내용 문의(지은이 e-mail) | nammunsan@naver.com
※ 이 책을 읽다가 궁금한 점이 있을 때는 지은이 e-mail을 이용해 주세요.

ⓒ 김영권, 2020
ISBN 979-11-88758-25-8
"행복한나무" 도서번호 : 126

수상한 선감학원과 삐에로의 눈물

| 김영권 지음 |

행복한
나무

삶을 향한 반 걸음

애들아, 안녕!

난 이 소설의 주인공 용운이라고 해.

한국전쟁이 한창이던 1950년에 태어나 60년대의 보릿고개, 70~80
년대의 경제성장과 군부 독재정치를 다 거쳤으니 파란만장한 인생이
랄 수 있겠지. 하지만 내 마음은 왠지 아직도 십대 청소년 시절에 머물
러 있는 것만 같아. 그건 아마 내가 어린 나이에 부모에게 버림받고 세
상 밑바닥을 떠돌다가 선감원에 강제로 수용된 채 짐승 같은 고통을
당했기 때문일 거야. 너무 심한 아픔을 받으면 사람은 그 상처 속에 갇
혀 울부짖느라 성장이 멈추는 게 아닐까 싶어.

선감원은 한국 최초의 청소년 강제수용소였어. 혹시 세계 최초인지
도 몰라. 아마 그럴 거야.

만약 지금 우리들이 살고 있는 시대를 맘대로 옮길 수 있다면 언제

로 가고 싶을까? 물론 현재가 더 풍요롭고 자유롭다지만, 나는 때때로 고생스러웠던 선감원으로 과거여행을 하곤 해. 왜? 그리워서라기보다 극복하기 위해서랄까. 안산시에서 바다 건너 멀리 떨어진 그 외딴섬으로 회상해 돌아가노라면, 수많은 어린 영혼들의 울음 소리가 들린단다.

난 가능하면 내가 직접 겪은 사실을 꾸밈없이 얘기하려고 해. 너무 가혹하고 징그럽게 여겨질지도 몰라. 하지만, 요즘 청소년들이라고 명랑하고 유쾌하게 살고 있지만은 않잖아. 여러 가지 고통을 못 견뎌 스스로 삶을 포기하는 친구들도 많으니까.

위기는 잘 활용하면 기회가 될 수도 있다지. 괴로움과 절망 속에서도 포기하지 말고, 선감원 아이들이 그랬던 것처럼, 반 걸음씩이라도 순간순간 나아간다면 어느 날 문득 성장의 기쁨을 맛볼 수 있지 않을까 해.

그럼, 얘들아, 우리 함께 행복을 꿈꾸길 바라며.

안녕!

차 례

이 소설은 청소년 강제노동수용소였던 선감학원에 끌려간
한 소년의 이야기다. 역사 속에는 있지만, 지금은 잊혀져가는
안산시 단원구 선감도의 한국 최대 어린이 강제수용소!
한 소년의 눈물겨운 탈출기는 지금 남아있는 사람들이 무엇을
해야 할 것인가를 알려주고 있다. 지옥보다 참혹했던 선감도,
이 소설은 그 진실과 마주하는 위로와 성장의 이야기다.

1부

부랑아라는 이름의 아이들

바다는 맑은 하늘 아래 그림처럼 펼쳐져 있었다.

하지만 가까이서 보면 끊임없이 파도를 일으키며 꿈틀거렸다. 마치 잠시라도 움직임을 멈추면 안 되는 천벌이라도 받은 거대한 생물체 같았다.

수평선을 향해 펼쳐진 드넓은 바다는 봄 햇살을 받아 찬란하게 반짝였다. 물이랑 사이로 무수한 금빛 뱀들이 재주를 부리며 뛰노는 것만 같았다. 배고픈 갈매기가 수면을 향해 내리꽂혔다가 헛물을 켜곤 힘겹게 날갯짓하며 날아올랐다.

저 멀리 바다와 하늘이 맞닿으려다 멀어져 가는 곳, 그 한 어귀에서는 신기루인 양 짙푸른 바다의 꽃밭이 아른거렸고, 그곳에서는 육지에서는 필 수 없는 갖가지 꽃들이 아슴푸레 피어나는 듯싶기도 했다.

마산포(瑪山浦)라는 조그마한 포구의 선착장에는 50톤급 배 한 척이 시동을 건 채 물살에 흔들리고 있었다. 옆구리에 '행운호'라고 붉은 페인트로 적혀 있는 낡은 운반선이었다. 갑판 쪽의 목재가 군데군데 썩어 들어가고, 뱃머리와 옆구리에 칠한 페인트도 벗겨져서 누리끼리한 녹이 잔뜩 슬어 있었다. 마치 폐선처럼 보여서 과연 망망대해를 제대로 항해할 수가 있을지 의심이 들 정도였다.

얼마나 지났을까? 트럭 한 대가 요란한 엔진 소리를 내며 도착했다. 푸른 장막이 쳐진 트럭 옆구리에는 '전국 부랑아 일제단속'이라는 붉은 고딕체 글자가 찍힌 현수막이 붙어 바닷바람에 펄럭거렸다. 그리고 곧 꾀죄죄한 몰골의 한 무리들이 일제히 튀어나왔다. 겨울에 껴입었던 두꺼운 누더기 옷을 아직도 그대로 입고 있는 놈, 어디서 뺏겨 버렸는지 구멍이 숭숭 난 더러운 런닝구 하나만 달랑 걸친 놈 등 각양각색이었다.

"빨리빨리 움직여!"

표지가 검은 장부를 든 젊은 남자가 소리쳤다. 아마도 도청 직원인 듯 싶었다. 그 양옆에는 카빈총을 든 경찰 두 명이 지저분한 무리를 노려보고 있었고, 줄지어 선 아이들은 ― 그 아이들은 정말 어린 아이부터 제법 큰 청소년까지 다양했다. ― 검은 장부를 든 남자의 지시대로 한 사람씩 차례차례 운반선으로 올라탔다. 조금만 굼뜨게 움직이면 카빈총을 든 경찰이 총구로 쿡쿡 찌르면서 쌍욕을 내질렀다.

"이 쓰레기 같은 자식아! 시간이 아깝단 말야!"

쓰레기로 지목된 사람은 말없이 발걸음을 재촉했다. 자칫 잘못하다 간 총알 세례는 아니더라도 개머리판이나 구둣발로 얻어맞고도 남는다. 이곳에 오기까지 경찰서와 도청에서 이미 인간 이하의 쓰레기로 취급 받는 것이 어떤 것인가를 몸으로 터득했다. 여기 줄지어 선 아이들은 서울과 경기도 일대의 거리에서 일제단속에 걸려 끌려온 '부랑아'라는 이름의 청소년들이었다. 집도 부모도 없이 부평초처럼 떠돌며 살아가던 아이들도 있었지만, 가족이 있는 아이도 많았다.

1961년 5·16쿠데타로 정권을 잡은 군사정부는 사회의 독초와 잡초를 뽑아낸다는 명분 아래 부랑자와 노숙자들을 마구 잡아들였다. 6·25가 끝나고 10여 년도 지나지 않았던 그 시절, 대한민국은 가난에 허덕이고 있었다. 일부 부유층은 호의호식하며 살았지만 대부분의 서민들은 허리띠를 졸라맨 채 죽지못해 살고 있었다. 빈민층은 사회의 온갖 힘들고 더러운 일을 하면서 겨우 연명하며 살아갔으며, 그들의 자식들은 집을 나와 떠돌기가 일쑤였다. 보릿고개가 되면 눈물을 머금은 채 자식을 팔기도 하고 내다 버리기도 했다. 지금으로선 상상할 수도 없이 비참한 시대를 살아내고 있던 시기였다.

이윽고 승선이 완료되었다. 부랑아 청소년들은 갑판 위에 빽빽이 줄지어 앉은 채 다시 한 번 인원점검을 받았다. 그들은 모두 35명이었다.

열두어 살부터 스무 살 이하의 청소년들이 대부분이었으나, 그중에는 채 열 살도 안 되어 보이는 앳된 아이나 스무 살이 슬쩍 넘은 듯싶은 청년도 한두 명 끼어 있었다. 어린애들은 고아원으로 보내는 게 정상이었지만, 아마도 할당된 머릿수를 채우기 위해 억지로 끌고 왔을 것이다.

배가 고동을 울리더니 서서히 떠나기 시작했다. 바닷바람을 타고 비릿한 갯내음이 물씬 풍겨 왔다. 물결이 양옆으로 부서지면서 바다는 마치 칼부림을 당하는 생명체처럼 허연 피 같은 거품을 이리저리 튀기며 퍼덕였다.

"야, 우리는 지금 어디로 가는 거지?"

"모르지 뭐. 바닷속에 처넣어 버리지 않으면 다행이겠지 뭐."

"씁새야, 재수없는 소리 하지도 마!"

뱃고물 쪽에서 이런 소리가 들려왔다. 그러자 모두들 두렵고도 궁금한 일이었다는 듯 여기저기서 웅성거렸다.

"야, 조용히 하지 못해!"

경찰 하나가 윽박질렀다.

"쳇, 죽을 땐 죽더라도 어디로 가는지는 알아야 할 거 아냐! 도축장에 끌려가는 소새끼도 아니고 원 참!"

머리카락이 낡은 삼베 빛깔처럼 누리끼리한 녀석 하나가 한쪽 주먹으로 하늘을 향해 삿대질을 하며 뇌까렸다. 그러고는 바다 쪽으로 침을 찍 뱉었다.

"저 새끼가 정말 죽고 싶어 환장을 했나?"

"그럼 환장을 안 하게 됐슈? 가만히 있는 사람을 보고 왈왈 짖어대는 개새끼 한번 걷어찬 게 무슨 죽을죄라도 되냐고요?"

"니가 술 처먹고 헤롱헤롱 대니까 꼴같잖아서 짖었겠지 그냥 짖었겠냐, 엉? 그리고 이 새끼야, 개하고 지랄거리다가 개주인은 왜 치고 난리야!"

"지랄발광하는 개놈을 말리지는 못할망정 물어뜯으라고 시키는 게 대체 인간이유? 개새끼하고 같은 족속이지."

"저게 어디서 꼬박꼬박 말대꾸야? 아무튼 너 따위 똥개새끼하곤 다른 족보 있는 개니까 그만 아가리 닥쳐!"

머리카락이 누리끼리한 녀석이 앞니 새로 침을 찍 내갈겼다.

"아니, 돈 없고 빽 없으면 개새끼 보고도 형님 하면서 굽실거려야 한다는 거여? 그래서 사람을 이렇게 끌고 가는 거냐고? 안 돼! 날 내려 줘! 물귀신이 되든지, 헤엄쳐 돌아가서 그 개 형님한테 정말 고따위 세상인지 좀 물어봐야겠어, 흐흐…."

누리끼리한 녀석이 몸을 일으키려고 했다. 그 순간 경찰이 달려가 욕을 퍼부으며 개머리판으로 그의 머리를 내리찍었다. 퍽 소리와 함께 녀석의 머리에서 피가 흘러내렸다.

"이 쌍놈의 새끼, 한번 죽어 봐라!"

경찰은 쓰러진 누리끼리한 녀석의 머리를 구둣발로 지근지근 밟았다. 그것을 지켜보고 있던 갑판 위의 아이들이, 아니 부랑아들이 웅성대기 시작했다. 불안한 기색이 감도는 소리가 점점 커져서 바다 위를 맴돌았다. 몇몇 부랑아가 일어서서 경찰을 막으며 항의를 하자, 여기저기서 "우~ 우~" 하고 호응하는 소리와 함께 야유를 날렸다. 그 소리는 뱃전에 부서지는 파도 소리를 한 순간에 지워 버렸다.

"주둥아리들 닥치고 모두 앉아! 불응하면 쏘겠다!"

다른 경찰이 총을 들어 노리쇠로 철커덕 소리를 내며 곧바로 사람들을 겨냥했다. 그 냉혹한 눈빛과 목소리로 보아 금방이라도 방아쇠를 당겨 버릴 듯했다.

군사정권 아래에서 살아 본 사람들은 경험으로 알고 있다. 군인과 경찰의 명령을 거역했다간 어떤 불상사를 당하는지. 경찰의 눈 속엔 권력으로부터 내려 받은 강력한 살의가 번뜩이고 있었다. 깡다구 깨나 부리는 부랑아들도 그 낌새를 알아챘는지 슬그머니 기를 꺾고 앉았다. 그러자 갑자기 갑판 위는 쥐 죽은 듯이 조용해졌다.

그러는 동안에도 배는 속력을 내어 푸른 물결을 헤치고 나갔다.

얼마 후 저 멀리 수평선에 자그마한 섬 하나가 희미하게 나타났다. 바다와 하늘의 푸른색 배경 속에 초록색이 돋보이는 섬이었다. 조금 전의 살벌한 상황이 벌어질 때도 무심하게 바다만 바라보며 담배연기를 휘날리고 있던 도청 직원이 손가락으로 검은 테 안경을 추켜올리고 나서 섬을 가리키며 말했다.

"잘 봐둬라. 바로 저곳이 이제부터 너희들이 과거를 잊고 새로운 삶을 시작할 터전이다."

부랑아들의 긴장된 눈이 그곳으로 쏠렸다. 도청 직원은 목청을 한번 울리곤 연설조로 계속했다.

"에~ 저 섬을 좀 더 자세히 설명할 것 같으면, 에~ 경기도 옹진군 대부면(현재의 안산시)에 속한 선감도라고 한다. 너희들을 저곳으로 데려가는 건 단군성왕 이래로 가장 확실한 목적이 있기 때문이다. 바로 정신개조와 재탄생이다! 여러분의 게으름과 의타심과 불량기를 척결하고 진정한 인간으로 다시 태어날 기회가 주어지는 것이다. 그리하여 활기차고 생산적인 나라를 건설하는 데 여러분의 혈기 또한 정상적으로 활용되어야 한다는 게 바로 높으신 분들의 뜻이다!"

도청 직원은 흥분하여 침을 튀기고 있었다. 배는 점점 섬을 향해 가까이 다가갔다. 도청 직원의 흥분과는 달리 부랑아로 낙인이 찍힌 아이들의 몸은 긴장과 불안으로 인해 점차 움츠러들었다.

뱃고물 한구석에 잔뜩 웅크리고 앉은 용운은 아까부터 먼 바다에 망연히 눈길을 두고 있었다. 그는 도청 직원의 연설을 귓가로 흘려들으며 수평선만 하염없이 쳐다보고 있었다. 얼이 빠진 듯하기도 하고 어떤 깊은 생각에 잠긴 듯하기도 했다. 용운은 배에 탄 부랑아들 중에서도 어린 축에 속했다. 아마 열두어 살이나 되었을까? 쓸쓸한 표정이면서도 아직 앳된 기가 눈동자와 입술 언저리에 감도는 소년이었다. 나이답지 않게 우울한 빛을 띠고 있었지만, 어딘지 모르게 의지가 강해 보이는 인상이었다. 누추한 누더기를 걸치고 새둥지 같은 더벅머리에다 얼굴엔 때가 잔뜩 끼어 있었다. 그래도 뺨 한 구석엔 흰 살결이 살짝

수상한 선감학원과 삐에로의 눈물

비쳐 보이는 미소년이었는데, 왼쪽 눈 아래에 작고 푸르스름한 점이 하나 박혀 있었다.

"얌마, 넌 쪼그만 게 마치 모든 것을 통달한 것처럼 한다? 너는 무섭지도 않냐? 난 마치 지옥섬으로 끌려가는 기분인데, 저 푸른 섬이 우리들의 공동묘지처럼 느껴진단 말야."

옆에서 누군가 용운의 귀에 입을 바싹 대고 속삭였다. 용운은 상대를 흘끗 보았을 뿐 아무런 대꾸도 하지 않았다. 벌써 이마에 주름이 생기고 앞니 두 개마저 빠져 버린 그 녀석은 삐에로처럼 슬픈 인상이었지만 입으로는 실없이 헤벌쭉 웃고 있었다.

"넌 어떡하다 잡혀 왔어?"

용운이 대꾸를 하지 않는대도 삐에로 소년은 혼자 계속 속닥거렸다.

"난 방랑자 채플린의 흉내를 내다가 잡혀 왔어. 그거 있잖아, 배고픈 채플린이 어린애가 들고 있던 빵을 훔쳐 먹는 아주 유명한 장면. 히히히. 동대문 앞에서였는데 어떤 아줌마가 구경을 하고 섰지 뭐야. 근데 그 아줌마의 등에 업힌 꼬맹이의 고사리 손에 크림빵이 들려 있더라고요. 난 내 머리카락 한 올을 뽑아 꼬맹이의 눈높이에서 이리저리 흔들면서 빵을 한 입 낼름 베어먹었어. 빵을 한입 베어먹곤 머리카락을 이리저리로 흔들면서 또 낼름 베어먹었지. 그쯤에서 만족하고 그만두어야 했는데…. 하얀 크림이 묻은 어린애의 보드라운 손이 너무 예뻐서 쪽쪽 빨고 말았던 거야. 애가 울 때까지도 나는 무엇에 홀린 듯 입을 떼지 않았어. 그 순간 나는 눈을 스르르 감고 있었는데, 눈앞에는 한 번도 본 적이 없는 울 엄마 모습이 떠오르더라니까요. 마침 그때 순경이 순찰하며 지나가다가 다짜고짜 붙잡아 끌고 왔잖아. 아, 난 엄마를 생각했을 뿐인데…."

'엄마'라는 흐릿한 말에 용운의 표정이 갑자기 변했다. 눈썹이 움찔하더니 머루처럼 검은 눈동자에서 맑은 눈물 한 방울이 떨어져 내렸다. 그동안 지그시 참고 있었던 감정이 터져 버린 모양이었다. 눈물에 씻긴 더러운 볼 위로 한 줄기 하얀 선이 그려졌다. 삐에로가 무슨 말인가 붙여 보았으나 용운은 고개를 슬쩍 돌려 다시 바다를 바라보았다.

"야, 어차피 이리 된 것, 걱정하면 뭘 하겠어. 까짓 것 흘러가는 대로 한번 가보는 거지 뭐. 히히히… 애, 이것 한번 들어 봐. 정글북이란 영화 앞부분에 나오는 거야."

삐에로 소년은 눈을 지그시 감더니 속삭이듯 읊조렸다.

만일 주위 사람들이 모두 제정신을 잃고
네 탓이라 비난해도 여전히 냉정할 수 있다면
그리고 사람들이 모두 너를 의심해도
자신을 믿고 그 의심마저 감싸 안을 수 있다면
승리를 만나도 불행을 만나도 똑같이 의연할 수 있다면
무지한 자들이 네 뜻을 왜곡해도 참아낼 수 있다면
있는 그대로의 너를 받아들이고 이해할 수 있다면
그때 너는 비로소 한 어른이 되리라.

수상한 선감학원과 삐에로의 눈물

삐에로는 눈을 찡긋하며 배우 같은 표정을 지었다. 갈매기들이 하늘과 바다의 경계선을 넘나들며 끼룩거렸다.

용운은 애써 미소를 지으며 수평선을 바라보았다. 미소는 곧 사라지고 미간을 찌푸리며 스르르 눈을 감았다.

푸른 소나무가 봄바람에 꽃가루를 날리고 있었다. 거리로 나왔으나 엄마는 딱히 갈 만한 곳이 없는 모양이었다. 이따금 한숨을 내쉬며 이리저리 걸어다닐 뿐이었다. 용운은 엄마의 치맛자락을 꼭 붙잡고 송아지처럼 뒤따랐다. 엄마는 말없이 터덜터덜 남대문을 거쳐 남산으로 올라갔다.

엄마는 무척 지쳤는지 돌계단 위에 털썩 주저앉았다. 시가지를 내려다보며 또 한숨을 폭 내쉬었다. 그럴 때마다 용운은 어쩐지 겁이 나는 듯 입술을 깨물었다.

"엄마, 엄마, 저기 거미 좀 봐. 나비를 잡아먹고 있어."

용운의 입술이 파르르 떨렸다. 생기 띤 소나무 잎새와 가지들 사이에 정교한 거미줄이 쳐져 나방의 날갯짓 따라 햇빛을 반사하며 흔들렸다.

엄마는 용운의 핼쑥한 낯을 바라보더니 소나무 우듬지 쪽의 물오른 가지를 꺾어 겉껍질을 벗겨내고 건네었다. 용운은 그것을 받아 하얀 속껍질을 허겁지겁 벗겨 먹었다. 씁쓸하고 텁텁한 맛이었다.

"아아, 어째야 한단 말인가? 하느님, 가련한 저희를 도와주소서."

엄마는 노을이 진 하늘을 쳐다보며 중얼거렸다. 가족들끼리 소풍을 나왔다가 명랑하게 웃으며 산을 내려가는 사람들을 두 모자는 부러움에 찬 눈으로 멍하니 지켜보곤 했다.

노을도 거의 지고 땅거미가 내릴 무렵에야 엄마는 힘겹게 몸을 일으켜 세웠다.

용운은 엄마의 손을 붙잡고 말했다.

"엄마, 내가 업고 갈게. 어서 업혀, 응?"

엄마는 시름겨운 웃음을 지으면서 산을 내려가기 시작했다.

뱃고동이 부웅~ 하고 울었다. 그 소리에 용운은 현실로 돌아왔다. 머루 같은 검은 눈에 눈물 한 방울이 맺혀 떨어질 듯하면서도 떨어지지 않았다. 섬이 점점 가까워 오고 있었다. 배가 물결에 흔들리면서 섬도 흔들리는 듯한 착시현상을 느끼게 했다. 멀리서는 초록색으로 보이던 섬은 가까이 다가갈수록 황토색이 보이고 회색도 보였다. 산 아래쪽으로 구불구불한 길과 흙담, 그리고 초가지붕 따위가 서서히 분간되었다. 그것은 몇 집 안 되는 작은 어촌 마을이었다.

그런데 산중턱을 보니 이상한 분위기의 건물들이 띄엄띄엄 늘어서 있었다. 회색 슬레이트 지붕에 시멘트 담으로 이루어져 삭막하고 을씨년스러워 보이는 일종의 바라크(임시로 지은 건물)였다. 그 이상한 건물들과 어촌 민가는 상당한 거리를 두고 멀리 떨어져 있었다. 호기심을 보이는 소년들도 많았지만, 용운은 어쩐지 을씨년스러운 느낌이 들었다. 모두 말없이 눈앞의 섬과 주위 풍경을 보고 있었고, 갈매기들이 끼룩끼룩 울며 날아다니는 사이에 행운호는 속도를 줄이더니 서서히 선감도의 나루터에 닻을 내리고 정박했다. 손바닥만 한 그 간이 선착장 아래쪽에는 작은 발동선 두 척이 선 채 파도에 흔들리고 있었다.

선착장 앞에는 머리를 스포츠형으로 반듯하게 깎고 얼굴이 사각형으로 각진 남자 한 명과, 스무 살 안팎의 정도의 청년 다섯 명이 어깨에 잔뜩 힘을 넣은 채 서 있었다. 청년들은 모두 **빡빡** 깎은 알머리에 교복처럼 생긴 검정색 옷을 입고 검정 고무신을 신고 있었다. 그들은 선감학원의 담당 선생과 고참 원생들로, 새로 들어오는 부랑아들을 마중하기 위해 나온 것이었다. 도청 직원과 경찰들이 먼저 내려 선생과 악수를 나누었다. 그리고 나서 선생은 신입생들을 향해 단조로운 어조로 말했다.

"모두들 어서 와. 우리는 너희들을 차별 없이 환영하는 바이다."

그러고는 검은 옷을 입은 청년들에게 눈짓을 했다. 그러자 눈매가 매섭고 우락부락하게 생긴 청년 하나가 신입생들을 향해 냉랭하게 소리쳤다.

"모두 질서정연하게 내려서 이 앞에 삼열종대로 선다! 실시!"

신입들은 줄을 지어 느릿느릿 움직였다.

"동작 봐라? 빨랑빨랑 움직이는 게 좋을 거다!"

그 고참 원생은 눈을 가늘게 뜨며 목소리를 내리깔았다. 소리를 칠 때보다 한층 더 위협적으로 들렸다. 신입생들은 미운털이 박히지 않기 위해 모두 다급히 움직였다. 순식간에 육지로 내려선 그들은 일사불란하게 줄을 지어 섰다. 고참은 입가에 음침한 미소를 흘리고는 다시 명령을 내렸다.

"앉아! 번호 시작!"

"하낫! 둘! 셋! 넷! 다섯!"

번호가 끝나자 고참 원생은 선생에게 차렷 자세로 보고했다.

"총 35명입니다, 선생님!"

"좋아, 인솔해."

고참은 신입들을 향해 돌아서서 엄격히 명령했다.

"전체 주목! 지금부터 운동장으로 이동한다. 도중에 대열을 이탈하거나 잡담을 해서는 즉결처분감이다. 선두 앞으로 갓!"

그것은 향긋하던 봄날의 공기를 찢어발기는 듯 사악한 목소리였다. 대열은 왼쪽으로 야산을 끼고 울퉁불퉁한 흙길을 따라 섬의 중심 쪽으로 걸었다.

선감학원에 들어서다

오른쪽으로 저만큼 염전과 저수지가 보였고 작지만 논밭도 펼쳐져 있었다. 밭에는 보리가 파랗게 자라고 있었다. 초로의 아낙네가 보리밭을 매다가 호미 든 손을 이마께에 올리고는 줄지은 아이들을 멀거니 건너다보았다. 고요한 섬에 아마 민간인들도 사는 모양이었다.

한참을 걸으니 산 중턱에 삭막해 보이는 회색 건물들이 나타나기 시작했다. 흙과 시멘트를 섞어 지은 1백여 평쯤 되는 길쭉한 건물이었다. 그런 건물이 헐벗은 산 여기저기에 띄엄띄엄 흩어진 채 늘어서 있었다. 대열이 지나가자 건물 곳곳에서 수용자들이 구경하며 서로 뭐라고 지껄이기도 하고 시시덕거리기도 했다. 그러나 누구도 큰 소리를 지르거나 하지는 못했다. 그들이라고 해서 감정을 마음대로 드러낼 만큼 자유롭거나 얼굴빛이 환한 건 아니었다. 아니 오히려 그 아이들은 신입들보다 더 굳어있고 초췌한 몰골이었다.

"걸음 똑바로 맞춰! 하낫 둘 하낫 둘, 야! 거기 앞줄에 툭 튀어나온 대가리는 뭐야? 너 줄 안 맞출래? 응?"

인솔하던 고참이 험상궂게 인상을 쓰며 으르렁거렸다.

"선두 좌측으로!"

대열은 즉각 방향을 바꿔 걸어갔다. 다른 건물보다 다소 크고 운동장까지 갖춘 곳에 이르자 인솔자는 대열을 정문 안으로 이끌었다. 사무실 등이 자리 잡은 본관이었다. 정문 기둥에 '선감학원(仙甘學院)'이라는 명패가 붙어 있었다.

"모두 정지!"

인솔자가 빽 고함을 내질렀다. 대열은 주춤 하고 멈추었다.

"지금부터 너희들의 더러운 과거를 정리하는 삭발식을 거행하겠다! 두 눈을 감고 자숙하길 바란다."

운동장에 늘어선 신입들은 우선 지저분하고 아무렇게나 자란 더부룩하고 헝클어진 머리부터 알머리로 빡빡 깎였다. 선 채로 고개만 숙이게 해놓고 바리깡을 든 두 명의 고참이 달려들어 마구 밀어내기 시작했다. 그러다가 짓궂은 웃음을 띠면서 바리깡을 슬쩍 들어올리면 비명이 흘러나왔다. 어찌나 잽싼지 35명의 머리는 30분도 채 안 되어 모조리 서늘한 알머리로 변해 버렸다. 무엇이 서러운지 긴 머리털과 함께 눈물을 뚝뚝 떨어뜨리는 아이도 있었다.

삭발식이 끝나고 다시 신입생들은 운동장에 정렬하고 서야 했다. 그리고 그 순간 그들은 자신이 동물이나 마찬가지라는 것을 깨닫고 있었다.

"이제부터 몸뚱이에 걸친 것을 싸그리 벗어 발 앞에 놓는데, 5초를 초과하는 짐승은 죽사발이 될 테니 각오해라. 실시!"

처음에는 멀뚱멀뚱 쳐다보며 엉거주춤 서 있었다.

"어쭈? 이 새끼들이 여기 유람하러 온 줄 아나?"

고참은 맨 앞줄에 선 신입들의 알머리를 우악스런 손바닥으로 찰싹찰싹 내리갈겼다.

"그럼 실시한다. 시작! 일 초, 이 초, 삼 초……."

그제야 신입들은 후다닥 저마다 몸에 걸친 누더기를 벗기기 시작했다. 정신을 차릴 틈이 없이 허둥지둥 옷을 벗는 동안 여기저기서 매타작 소리와 비명이 살벌하게 들려왔다. 동작이 굼뜬 부랑아 소년들은 고참들에게 생명을 맡겨야만 했다.

"이 새낀 살결이 계집애처럼 보드랍군."

누군가 이죽거리며 용운의 등짝을 후려갈겼다. 붉은 손바닥 자국이 선명히 찍혔다. 용운은 상대방을 노려보며 나오려는 욕을 삼키며 자신의 입술을 꽉 깨물었다. 곧 모두는 아랫도리까지 드러낸 알몸의 부동자세로 서서 매서운 바닷바람을 맞고 있었다.

"다들 벗었어? 좋아, 그럼 이제 창고 앞으로 이동한다. 정렬, 앞으로 갓!"

용운은 몇 걸음 걷다가 힐끗 돌아보았다. 아무리 더러운 누더기지만 그동안 자신의 몸을 감싸 준 것이었다. 왠지 무엇인가 소중한 것이 그 속에 들어 있을 것만 같았다. 자루를 든 세 명이 벗어놓은 옷들을 바삐 뒤지고 있었다. 담배나 기타 쓸 만한 물건이 나오면 재빨리 품 속에 감추고 나머지 옷은 자루에 쓸어담는 것이었다.

"이 쥐뿔만한 새끼가 어디로 대가릴 돌려."

인솔자가 손날로 용운의 뒷덜미를 내리쪽었다. 숨이 콱 막힐 만큼 강한 타격이었다. 용운은 심호흡을 하며 그를 가만히 바라보았다. 별 인상을 짓지 않은 무표정한 얼굴이었는데도 왠지 미안해하는 기색이었다. 가엾은 짐승 새끼나 자신의 어린 동생을 친 느낌이라도 든 것일까?

창고 앞에는 또 다른 선생 하나가 기다리고 있었다. 알몸 행렬이 도착하자 선생은 신입들의 체격을 대충 가늠하면서 빠르게 상하의를 골라 던져주었다. 내의와 검정 고무신도 주었다. 용운의 옷은 다소 큰 편이어서 소매와 바짓부리를 접어 올려야만 했다. 복장을 갖추고 다시 줄을 지어 운동장으로 돌아오니까 선착장에서 보았던 그 선생이 책상을 앞에 놓고 앉아 서류를 뒤적이고 있다가 명령을 내렸다.

"한 사람씩 앞으로 나와!"

그는 이름과 나이, 부랑아가 된 사유, 부모의 이름과 생존 여부, 살던 동네의 주소 따위를 물으며 개인 기록카드를 작성했다. 작성이 끝나면 '일심사 2반' '충심사 3반' '정심사 5반' 하고 숙사를 지정해 주었다. 그러면 옆에 선 고참 원생이 담요, 수건, 비누, 칫솔, 식기, 숟가락 따위의 개인 용품을 차례차례 지급했다. 얼마 후 용운의 차례가 되었다. 선생은 흘끗 한번 용운을 흘겨보더니 물었다.

"이름은?"

"윤용운입니다."

"나이는?"

"잘 모르겠어요."

"뭐라구? 임마, 너 멍청이야, 응?"

선생은 눈을 부라렸다.

"정말 생각이 잘 안 나요. 열두 살인지 열 셋인지 가물가물하거든요."

용운은 슬픈 표정으로 대답했다. 여덟 살에 엄마로부터 버림받은 용운은 거친 세파에 부대끼며 작은 조약돌처럼 살아왔다. 생일을 챙겨주는 사람도 없었거니와 나이 따위를 헤아릴 겨를도 없었다. 어떤 고생을 하더라도 엄마를 찾을 생각만 했다. 언젠가 엄마를 만나면 나이는 엄마가 기억하고 있다가 가르쳐 주리라고 믿었다.

"바보 같은 자식."

선생은 한 마디 중얼거리고는 서류에다 '12세'라고 써 넣었다. 그 외에 대답이 분명치 않은 사항들은 모조리 '기억불명'이라고 속필로 써 갈기고 나더니 말했다.

"넌 나이로 보나 생긴 걸로 보나 좀 덜떨어진 놈이구나. 우리 충심사로 와서 제대로 교육을 받아야겠어."

그렇게 해서 용운은 충심사 줄에 가서 서게 되었다. 그 줄에는 삐에로가 먼저 와서 대기하고 있었다. 기록 절차가 모두 끝나자 선생은 서류뭉치를 탁탁 추슬러 놓고 단 위로 올라섰다. 갯내음이 듬뿍 밴 바닷바람이 운동장을 휩쓸고 지나갔다. 선생은 카랑카랑한 목소리로 말을 시작했다.

"전원 주목하라! 이곳에 들어온 여러분을 정녕 환영한다. 여긴 너희들에게 자립과 새 삶의 길을 열어 주기 위하여 국가에서 운영하는 선감학원이란 곳이다. 흠, 나로 말할 것 같으면, 이곳의 지도교관인 동시에 사감이기도 하다. 다른 말은 안 해도 차차 알게 될 것이니 생략하고, 딱 두 가지만 얘기하겠다."

그는 헛기침을 한 번 하고 나서 말을 이었다.

"첫째, 너희들은 이제부터 거렁뱅이나 시정잡배가 아니라 이곳 선감학원의 원생임을 명심해야 한다. 그러니만큼 과거의 헛되고 게으른 부랑아 근성은 이 순간부터 깨끗하게 버리고 하루속히 이곳 생활에 적응해야 한다는 것이다! 여기서는 너희들이 먹고 자는 데 아무런 불편이 없도록 배려해 줄 뿐만 아니라, 희망자에 한해서는 기술까지도 가르쳐 준다. 또한 진정한 새 삶의 의지가 보인다 싶으면 18세가 되었을 때 사회로 내보내 자립하게 해줄 수도 있다. 이 점을 유념하고 각자 새사람이 되겠다는 마음의 각오를 단단히 하기 바란다. 생각만 옳게 바꾸면 누구든지 행복해질 수 있다!"

수상한 선감학원과 삐에로의 눈물

용운은 귀가 번쩍 뜨였다. 18세가 되면 사회로 내보내 줄 수도 있다니! 그렇다면 이곳이 부랑자들의 영원한 유배지는 아니란 말인가? 배에서 들은 소문처럼 지옥은 아니란 말인가? 그건 아득한 절망으로 타들어 가던 어린 가슴에 한 줄기 햇빛이 아닐 수 없었다.

　하지만 다음 순간 용운은 도리질을 했다. '해줄 수도 있다'는 애매모호한 표현이 얼마나 무책임하고 쓸모없는 것이라는 걸 이미 알아버렸기 때문이다. 거기에 눈앞에 늘어선 고참들은 나이가 이미 20세쯤은 됐을 법하지 않은가. 그 사람들만 봐도 여기서 나갈 수 있는 가능성이 얼마나 희박한지를 쉽게 짐작할 수 있었다. 또한 신상카드에 기록된 용운 자신의 나이는 12세이니 설령 18세에 내보내 준다고 해도 6년 후에나 가능한 일이 아닌가. 어디서 무엇을 하는지도 모를 어머니를 찾으려면 한시가 급한데 6년이라니 그 얼마나 터무니없는 세월인가?

　사감 선생의 연설은 계속되고 있었다. 목소리에 한층 강한 악센트가 들어갔다.

　"그리고 둘째, 이제 여기 들어온 이상 절대로 엉뚱한 생각은 품지 말라는 거다. 모든 헛된 망상을 버리고 무조건 이곳의 규율과 통제에 따라야 한다. 그래야 너희들도 편하고 우리들도 편해진다. 그리고 신상에도 이롭다. 가끔 이 충고를 무시하고 바닷속 물고기들에게 좋은 일 시키는 멍청이들이 있다. 분명히 얘기한다! 이 서해안의 물고기들은 아무리 인간의 살을 실컷 먹여줘 봐야 묵묵부답이시다. 다시 한번 경고한다! 혹시라도 엉뚱한 맘을 먹어서 서로 피곤하게 만드는 일이 없도록 하라!"

선생이 냉엄하게 말을 맺고 내려가자 고참들이 각 사(舍)별로 신입들을 인솔하기 시작했다. 용운이 속한 충심사(忠心舍)의 사장(舍長)은 선착장에서부터 인솔해 왔던 바로 그 원생이었다. 그는 소년원 출신의 폭력 전과자로 별명이 '왕거미'였다.

"모두 앞으로 갓!"

왕거미 사장이 소리쳤다. 눈앞이 캄캄했지만 이 부랑아 소년들에게 선택의 여지는 없었다. 그저 코뚜레 꿰인 송아지처럼 끄는 대로 따라갈 수밖에 없었다. 어느덧 수평선 저쪽으로 석양이 기울고 있었다. 5분 정도 걸어서 도착한 곳은 사무실로부터 세 번째에 있는 숙사였다. 한옆에 복도를 두고 왼쪽으로 1반부터 5반까지 다섯 개의 방이 일자로 배열되어 있었다. 사장 왕거미는 편성표를 보며 방마다 한두 명씩 들여보냈다.

"김순식! 윤용운!"

3반 앞에 이르자 사장은 크게 호명을 하고 방문을 열었다. 삐에로의 이름이 김순식인 모양이었다.

"어이, 신입 받아라."

한껏 위축되어 방에 첫발을 들여놓은 순간, 용운은 먹이를 발견한 수많은 맹수들의 눈빛을 보았다. 용운은 고작 12살 부랑아가 된 소년이었다. 용운이 여기에서 자신이 할 수 있는 것은 아무것도 없다는 것을 그 첫발에서 뼈저리게 깨달아야 했다.

수용소의 첫날

어둑한 방 안에서 번들거리는 50여 개의 눈동자가 문을 들어서는 삐에로와 용운을 뚫어지게 주시하고 있었다. 그 살벌한 공기는 퀴퀴한 마룻바닥 냄새와 더불어 당장이라도 둘을 질식시켜 버릴 것만 같았다. 삐에로가 기진한 듯 소리없이 무릎을 꿇고 앉았다. 자석에 이끌리듯 용운도 따라 꿇어앉았다.

"오, 들어들 왔니?"

한쪽 벽에 비스듬히 기대 있던 땅딸한 체구의 사내가 느릿느릿 입을 열었다. 그 음성에서 용운은 거스를 수 없는 '힘'과 거만한 '여유로움'이 묻어난다는 것을 느꼈다.

"예."

"오느라구 수고했다. 힘들지?"

"괜찮습니다!"

"뭘, 피곤할 텐데 다리 뻗구 편히들 앉아라."

"괜찮습니다!"

"그러지 말고 다리 뻗구 편히 앉으라니까 자꾸 그러네."

"아닙니다!"

"어허! 그냥 편히 앉으라니까. 괜히 우리가 미안시럽구먼."

더 이상 사양하는 것도 상대방의 신경을 자극하는 일이라 싶었는지 삐에로가 조심스럽게 다리를 움직였다. 바로 그 순간이었다. 가까이에 있던 눈매가 스라소니 같은 원생 하나가 한쪽 다리를 번쩍 날리더니 삐에로의 턱을 사정없이 차버렸다.

"으악!"

채이고 튕긴 삐에로는 벽에 또 한번 머리를 찧고 구석으로 처박혔다. 용운은 마른침을 삼켰다.

"이 잡새끼가 뒈지려구 환장했나. 반장님이 편히 앉으랬다구 겁도 없이! 니네딜 외가집 사랑방에 놀러 왔냐, 응?"

삐에로가 황급히 상체를 바로 세웠다.

"죄, 죄송합니다. 잘못했습니다!"

스라소니 눈이 또다시 그의 옆구리를 우악스럽게 내질렀다. 좀 전의 땅딸보가 신입들을 향해 손가락을 까딱거리자 스라소니가 말했다.

"얘들아, 반장이신 백곰 님이시다. 어서 인사드려."

시키는 대로 다가가서 정중하게 머리를 숙이자 반장은 손짓으로 앉으라는 신호를 보냈다. 그러고는 먼저 삐에로에게 물었다.

"이름은?"

"예, 김순식입니다!"

"각설이였냐?"

"아닙니다. 고아원에 있었습니다!"

"고아원에 있던 놈이 여긴 어떻게 걸려 왔냐?"

"저, 채플린처럼 아기의 아이스케키를 훔쳐 먹다가 그렇게 됐습니다!"

"뭐? 니가 채플린이냐? 사람 웃기려 하는군."

반장은 비스듬히 기댄 채로 삐에로의 면상을 발로 힘껏 걷어찼다.

비명과 함께 얼굴을 싸쥐는 삐에로의 두 손 사이로 금세 코피가 주룩 흘러내렸다. 그래도 반장의 표정엔 털끝만한 동요조차 일지 않았다. 그런 그가 이번에는 용운에게 시선을 돌렸다.

"넌 이름이 뭐야?"

"윤용운입니다. 콜록!"

긴장으로 입 안에 잔뜩 고인 침을 삼킴과 동시에 말을 하다가 그만 사레에 들리고 말았다.

"거지였냐?"

"콜록, 예!"

"빌어먹던 데는?"

"그냥 여기저기 도, 돌아댕겼습니다. 콜록….."

"시꺼러, 개새꺄!"

눈앞에 번개가 번쩍했는가 싶은 순간 용운은 백곰의 발길에 이마빼기를 된통 채이곤 뒤로 나뒹굴었다. 백곰은 문득 음성을 착 깔더니 은근하게 말했다.

"에~ 그건 그렇고, 잘 들어둬. 우리들은 지금 국가 발전의 백년대계를 위하여 돼먹잖은 악습을 몽땅 털어버리구, 여기 서해안 무인도에서 공부를 하는 중이란 말씀이여."

"예!"

"그런데 두 분께서 또 바깥 세상의 타락한 먼지들을 묻혀갖구 들어왔단 말씀이야. 그러니 이 노릇을 어째야 되겠는가?"

두 신입생은 묵묵부답인 채 반장의 눈치만 살폈다.

"먼지를 털어야 되겠지? 우리들이 오염되기 전에 말여."

말할 여지가 없었다. 어느새 스라소니가 부러진 삽자루를 가지고 와서 문 앞에 버티고 서 있었다.

"이건 아주 엄숙한 의식이니, 마음가짐을 경건히 해야 될 것이야."

반장이 팔을 괴고 방바닥에 편하게 누우며 말했다. 이어 스라소니가 명령했다.

"두 놈 일어서! 지금부터 엄살 까거나 방정떠는 새끼는 죽는 줄 알아라. 이쪽으로!"

둘은 시키는 대로 관물대에 손을 짚고 엎드렸다. 이른바 신입 빳따

였는데, 한 사람이 한 대씩 갈기고 삽자루를 인계하는 것이었다. 혹독한 매질을 다섯 대까지 견디던 용운은 그만 나뒹굴고 말았다. 삐에로는 입술을 앙다문 채 견디고 있었으나 곧 푹 쓰러져 버렸다.

"이 새끼들, 안 일어나?"

좀 어리다고 봐주지 않았다. 울어도 빌어도 그들은 마구 차고 밟았다. 맞고 뒹굴고 애걸하면서 기어이 매를 다 맞아야 했다. 하지만 그것으로 모든 절차가 다 끝난 건 아니었다. 반장이 말했다.

"어때? 한바탕 먼지를 털고 나니 몸과 맴이 한결 홀가분하지 않은감?"

"흐흐…."

"어허! 아직도 찜찜한 데가 남았는가, 어째?"

"아, 아니, 기분 짱입니다!"

"흠, 흐흐…."

반장은 고개를 끄덕거리고 나서 말했다.

"다행이구면. 그럼 좋은 기분으로 노래나 한 곡조 들어 볼까. 흠, 너가 각설이 타령이나 한번 해봐."

그는 턱짓으로 용운을 가리켰다. 용운은 주춤거리다간 또 매질이 닥칠까 봐 곧장 목청을 뽑았다.

얼씨구 씨구 들어간다
절씨구 씨구 들어간다

작년에 왔던 각설이가 죽지도 않고 또 왔네

아하 품바가 잘도 한다 어허 품바가 잘도 헌다

일자나 한 자나 들고나 보니

일백 년도 못살 인생 사람답게 살고파라….

갑자기 백곰이 소리쳤다.

"스톱! 개새끼, 유치해서 더 못 듣겠군. 이번엔 너가 한번 재주를 부려 봐. 노래는 재수 없으니까 더 이상 하지 마."

그는 삐에로에게 지시했다. 삐에로는 한 손을 올려 마치 버스 손잡이를 잡은 듯이 하고 짐짓 상체를 흔들면서 입을 열었다.

"에~ 지금 하려는 것은 '앵벌이'라는 것으로서 차 안에서 물건을 파는 일이죠. 우선 신문이나 볼펜, 껌, 칫솔 따위를 사서 가방에 담아 들고 버스에 오른답니다. 그러고는 앞에 서서 한바탕 청승을 떠는 것이죠, 헤헤…."

"잔소리 말고 본방송부터 해."

"예, 예…. 에~ 복잡한 차중에 잠시 소란을 떨게 되어 대단히 죄송합니다~ 본인은 병든 할머니와 어린 두 동생을 책임지고 있는 한 가족의 가장입니다. 일찍이 열 살의 나이로 조실부모하고 험한 세파 속에 가랑잎처럼 떨어져야 했던 저는, 삶이 너무나도 힘겨워 그동안 수차례 죽어 볼까도 생각했었습니다. 그러나 그때마다 골방에서 반신불수로 쿨럭이는 할머니와, 허기진 배를 물로 채우고 병든 닭처럼 꾸벅거리는

수상한 선감학원과 삐에로의 눈물

동생들의 모습이 떠올라 차마 그럴 수도 없었습니다. 산다는 것이 이리도 힘든 것일까요?

하지만 손님 여러분, 저는 믿습니다. 아직도 이 사회가 그리 냉정하지만은 않다는 것과 올바른 양심으로 꿋꿋하게 살다 보면 언젠가는 반드시 행복의 웃음이 찾아오리라는 것을 말입니다. 그래서 오늘도 저는 수많은 죄악의 유혹을 물리치고, 가난하게는 살아도 추악하게 살아서는 안 된다는 일념으로 볼펜 몇 자루에 여러분의 동정을 구하고자 이렇게 버스에 뛰어오른 것입니다. 물론 시중에 나가시면 몇십 원에 구입할 수 있는 것입니다만, 부득이 이 자리에서는 일금 백원에 모실까 합니다. 부디 외면하지 마시고 한 자루씩 구입해 주십시오. 그러면 저는 용기있게 살라는 채찍질로 알고 더욱 열심히 노력하겠습니다. 감사합니다.”

“목청을 좀 더 구성지게 뽑아 봐. 아니, 이제 그만둬. 미친 놈….”

백곰은 콧방귀를 한번 뀌곤 중얼거렸다.

“그럼 아리랑 고개나 한번 넘어볼까나.”

두 명의 원생이 기다렸다는 듯 긴 고무줄을 준비해 양쪽에서 팽팽히 잡아당겼다. 고무줄은 용운의 허벅지 높이를 가로지르고 있었다.

스라소니 눈이 말했다.

“니네덜 아리랑은 다 부를 줄 알겠지?”

“예!”

“속세의 먼지를 털었으니 이제부터 성스러운 공부에 동참할 자세가 갖춰졌는지 시험하겠다. 눈 감고 아리랑을 흥얼대면서 이 고무줄을 정중히 넘어댕긴다. 만약 쪼끔이라도 고무줄을 건드릴 시엔 큰 곡소리가 나게 된다는 걸 명심해라. 실눈을 떠도 마찬가지다."

삐에로가 바지를 한껏 추켜올리며 가랑이 사이에 공간을 재고 있었다. 용운은 눈을 부릅뜨고 고무줄의 높이와 위치 등을 살펴보았다. 저것에 닿지 않고 넘으려면 다리를 최대한 높이 들어서 올리고 될 수 있는 한 고무줄과 가까운 거리에 발을 내려놔야 다시 이쪽으로 넘어올 때 유리하리라.

"자, 준비됐으면 눈 감고 실시한다!"

반장의 말에 두 신입생은 노래를 부르기 시작했다.

"아리~랑, 아리~랑, 아라리~요 아리랑 고개로 넘어간다~"

용운은 오른발부터 최대한 높이 들어 조심조심 보이지 않는 고무줄을 넘었다. 눈을 감은 탓에 한 발을 들 때마다 몸이 중심을 잃고 자꾸 비틀거렸다. 노래에 신경 쓰랴, 고무줄에 신경 쓰랴, 여간 까다로운 노릇이 아니었다. 어렵사리 단 한 차례 왕복했을 때였다.

"스톱!"

스라소니가 동작을 중단시켰다.

"눈깔 뜨고 봐, 이 새끼들아!"

용운은 눈을 떴다. 우려했던 대로 고무줄이 허벅지를 스치고 있었다.

"정신을 어따 팔아!"

스라소니가 달려들어 주먹을 날렸다. 용운은 가슴께를 설맞았지만,

삐에로는 복부를 제대로 강타당한 모양인지 그대로 쪼그려 앉으며 몹시 괴로운 표정을 지었다.

"요 새끼, 엄살 부리는 거 봐. 너 뒈질래?"

스라소니가 발로 삐에로의 이마를 떠밀었다. 벌렁 나자빠지자 다가가 가슴을 밟았다.

"어때, 이대로 계속 쉬게 해줘?"

"아니, 잘 하겠습니다!"

"또 다시 실수하면 죽여 줄 테니까 알아서 해라."

스라소니가 윽박질렀다. 용운과 삐에로는 다시 고무줄 앞에 섰지만 떨고 있었다. 눈 감고 하는 것이라 실수도 실수겠지만, 마음만 먹으면 그들 쪽에서 고의로 고무줄을 갖다 댈 수도 있는 일 아닌가.

"자, 눈 감고, 시작!"

"아리랑 아리랑 아라리요~ 아리랑 고개를 넘어간다~"

이마에 진땀이 흘렀다. 스라소니가 중단시키지 않는 걸로 보아 아직은 고무줄에 걸리지 않은 모양이었다. 그런데 이상한 일이었다. 사방에서 뜻 모를 웃음이 일기 시작한 건 그때부터였다. 처음에는 약간 낄낄대는 정도였는데, 시간이 갈수록 박장대소로 변하고 있었다. 요란한 웃음소리 틈새에서 스라소니의 목소리가 들려온 것은 그로부터 한참이 지나서였다.

"스톱! 이제 눈깔들 떠라."

용운이 눈을 떠 보니 원생들은 히죽거리며 눈물을 닦아내고 있었다.

대체 무엇이 그리 우스웠을까? 힐끗 삐에로를 바라보니 그도 모르기는 마찬가지인 듯 어리벙벙한 표정이었다. 반장이 말했다.

"그래, 그렇게만 하면 합격이다. 그럼 이번엔 3·8선 통과다."

말이 떨어지기 무섭게 양편의 원생들이 고무줄의 높이를 쓱 낮추었다.

"그대로 뒷짐 지고 엎드려!"

용운과 삐에로는 얼른 바닥에 배를 깔고 엎드렸다. 등과 고무줄 사이는 반 뼘 정도의 여유밖에 없었다.

"즉시 아리랑을 부르면서 그 밑을 반복 통과하는데, 등짝에 고무줄이 안 닿게 해라. 알았으면 눈 감고 아리랑 시작!"

두 신입은 방바닥에 배를 밀착시키고는 조심조심 고무줄 밑을 기었다.

아리랑 아리랑 아라리요~

삼팔선 고개를 넘어간다

북녘에 남겨둔 아리따운 해당화 아가씨가 그리워

총칼을 가슴속에 품고 철조망을 넘어간다

아리 아리랑~ 쓰리 쓰리랑~ 아라리가 났네~

삐에로가 크게 선창을 부르고 용운은 슬쩍 후렴을 따라하는 꼴이었다. 이번에는 원생들의 폭소가 아까보다 빨리 시작되었다. 훨씬 큰 웃

수상한 선감학원과 삐에로의 눈물

음소리였다. 아마도 배를 움켜쥐고 마룻바닥을 구르는 사람까지 있는 듯싶었다.

"좋아! 지랄 그만!"

반장이 입을 열었다. 그의 말 속에도 웃음이 들어 있었다.

용운은 눈을 떴다. 그런데 어쩐 일인가! 등 위에 있어야 할 고무줄이 보이지 않았다. 두 신입의 어리둥절한 표정에 또 한 차례 폭소가 방 안에 가득찼다. 용운은 비로소 모든 것을 깨달았다. 고무줄 같은 건 이미 걷어치운 지 오래였던 것이다. 그런 줄도 모르고 혹시라도 고무줄에 닿을세라 뱀새끼처럼 방바닥을 이리저리 비비적거렸으니 얼마나 우스웠을까.

잠시 후, 스라소니가 목소리를 착 가라앉히더니 음흉스럽게 말했다.

"지금부터는 피뽑기를 하겠다. 잘 알겠지만 우리들은 이곳에서 너무 먹지를 못해 영양실조에 걸려 있는 상태이다. 그래서 육지에서 잘 먹고 살았던 신참이 들어오면 그 싱싱한 피를 뽑아 가끔은 영양 보충을 해야 하는 것이다. 무슨 말인지 이해할 수 있지?"

"예."

용운과 삐에로는 기어들어가는 소리로 겨우 대답을 했다.

"그럼 가위바위보를 해서 순서를 정해라."

두 신입은 구령에 따라 손을 떨면서 내밀었다. 용운이 이겼다.

스라소니는 삐에로를 바닥에 눕게 했다. 그리고 부하에게 밥그릇과 유리 조각을 가져오게 하여 그 옆에 놓았다. 그것을 흘끔 본 삐에로는 몸을 덜덜 떨었다. 스라소니는 수건으로 그의 눈을 가려 버렸다. 몇 명의 원생들이 바짝 다가앉아 삐에로의 팔과 다리를 잡아 눌렀다.

"시작해라!"

스라소니가 지시했다. 백곰 반장은 입가에 드라큘라처럼 음흉한 미소를 띠고 있었다. 원생 하나가 유리 조각을 들어 삐에로의 손목 동맥을 그었다.

"으악!"

삐에로가 비명을 내질렀다. 누가 급히 그의 입을 막았다. 그 순간 다른 누군가 주전자를 들어 물을 조금씩 손목에다 부었다. 물은 손목을 타고 내려 밑에 받친 밥그릇으로 똑똑 소리를 내며 떨어졌다. 아마 삐에로는 지금 자신의 손목 동맥이 끊겨 붉은 피가 흘러나오고 있다고 생각할 것이었다. 그러나 손목에는 상처가 조금 났을 뿐 피는 흘러나오지 않았다. 그런데도 삐에로는 사실이라고 생각하며 온몸을 덜덜 떨고 있었다.

용운은 더 이상 볼 수가 없어 눈을 돌려 버렸다. 여기저기서 낄낄거리는 웃음소리가 터져 나왔다. 삐에로는 울고만 있었다. 더 이상 채플린 삐에로는 없었다.

한참 후 반장이 용운을 향해 말했다.

"얌마, 너는 오늘부터 내 안마 담당이다. 니 쫄따구가 들어올 때까지 매일 저녁 내 다리를 주무른다. 알았냐?"

"예."

수상한 선감학원과 삐에로의 눈물

"그리고 너."

삐에로를 지목했다.

"예!"

삐에로는 겨우 정신을 차리고 일어나 대답했다.

"너는 복도 담당이다. 매일 아침 기상하는 즉시 복도부터 점검한다. 어떤 새끼가 고구마 쪄놨으면 책임지고 깨끗이 치워. 만일 눈꼽만큼이라도 흔적을 남겼다가 곡소리 날 줄 알아라. 알았냐?"

"예? 예…."

"다른 반 앞은 신경 쓸 거 없고 우리 반 앞만 해. 그리고 범인을 잡는 날엔 일계급 특진이다."

"예."

삐에로가 멍하니 서 있으니까 스라소니가 말했다.

"고구마란 똥을 뜻한다."

괴이한 노릇이었다. 대체 밤사이 복도에 누가 감히 대변을 본다는 말인가. 또 그게 사실이라면 무엇 때문에 위험을 감수하면서까지 그래야만 한단 말인가? 아무리 생각해도 이해가 안 되는 일이었다. 비로소 반장의 입에서 '휴식!' 소리가 떨어졌다.

"니들 자리는 저쪽 문 옆이니 즉시 찌그러져."

용운은 움직였다. 지정해 주는 곳으로 가서 앉으려니까 아까 맞은 엉덩이가 욱신거렸다. 용운은 쪼그려 앉은 채로 지급받은 일용품들을 챙기다가 주위를 살펴보았다. 원생들의 허리에 스푼과 칫솔이 매달려 있었다. 비누에 구멍을 뚫고 끈을 꿰어 목걸이처럼 걸고 있는 놈도 있었다. 도난이 심하고 한 번 분실하면 되찾기도 어렵다는 사실을 짐작할 수 있었다. 용운은 식기와 담요 같은 것만 관물대에 넣고 나머지는 허리에 꿰찼다.

그때 문이 열리면서 충심사 사장 왕거미가 고개를 들이밀었다.

"야, 곧장 식사 집합 안 해, 이 잡새끼들아?"

"어, 미안~ 지금 나간다."

반장은 반원들에게 식기를 들고 집합하라고 명령했다. 말투로 보아 그들은 서로 트고 지내는 듯싶었다.

식당은 산등성이 밑에 있었다. 모든 원생을 동시에 수용할 만큼 커다란 건물이었다. 밥 한 끼 얻어먹는 것도 쉬운 일은 아니었다. 모두가 출입구 앞에 줄을 맞추고 부동자세로 서서 노란 완장을 찬 주번 원생의 마음에 들 때까지 기다려야 했다.

"야, 저쪽 줄 끝에서 세 번째 놈! 너 이 새끼 어디로 눈깔 돌려. 밥 처먹기 싫어? 그 줄 각심사 1반 맞지?"

그러자 나지막한 불만의 소리가 곳곳에서 새어나왔다.

"배고파 죽겠는데, 저 새끼 땜에 또 늦네. 개새끼."

"야, 짱구 움직이지 말그라. 또 우릴 쳐다보잖아."

우선 착실한 줄부터 입장시키다 보니 용운의 반이 들어갈 때쯤에는 벌써 식사를 마치고 나오는 반도 많았다. 순서대로 용운이 배식구에 식기를 들이밀자 거친 보리밥과 시래기국이 담겨 나왔다. 양도 형편없

수상한 선감학원과 삐에로의 눈물

이 적었다.

"차렷! 식사 개시!"

"감사히 먹겠습니다."

누군가의 구령에 따라 모두 크게 외치고 밥그릇을 끌어당겼다. 용운도 바삐 숟가락을 움직였다. 잠시 후였다.

"야, 여기야 여기…."

앞줄의 한 원생이 자신의 식기를 가볍게 두드리며 좌우를 향해 소곤댔다. 그러자 주위의 대여섯 원생이 밥 한 숟가락씩을 크게 떠서 재빨리 그의 식기에 몰아주었다. 그건 밥 계(契)라는 것이었다. 기왕에 먹으나마나 한 양이니만큼 순번을 정해 놓고 어느 한 사람에게 몰아주어 한 끼나마 가끔씩 배불리 먹어 보자는 생각일 터였다. 그 원생의 얼굴에 동물적인 미소가 번지는 것을 곁눈질하며 용운은 급히 숟가락을 들고 밥을 퍼먹었다.

밥은 뜸도 제대로 안 들었는지 설 퍼진 보리알들이 씹히기 싫다는 듯 고무 조각처럼 입안을 맴돌았다. 반찬이라곤 거무튀튀한 소금이 어석어석 씹히는 짜디짠 곤쟁이젓 하나뿐이었다. 너무도 짜서 머릿속이 띵할 정도였다. 차라리 구걸해서 먹을 때가 나았다. 갑자기 욕설이 튀어나온 건 그때였다.

"야! 거기 쥐뿔만한 새끼, 너 이리 나와!"

그건 안으로 들어서던 주번이 용운이 또래의 어느 소년 원생에게 하는 소리였다.

"이 쌍놈 새끼야! 너만 아가리냐, 엉?"

주번은 성큼성큼 다가가더니 따귀부터 오지게 올려붙였다. 밥을 다 먹은 그 소년이 밖으로 나가는 척하다가 배식 중인 다른 사(舍)의 줄 뒤에 다시 슬쩍 섰던 모양이었다.

"이 개 같은 새끼, 너 어느 사야?"

"잘못했어요. 제발 한 번만 용서해 주세요."

"여기가 니네 집 안방인 줄 알어?"

주번은 소년을 구석으로 몰아붙이면서 마구 두드려 패기 시작했다. 한참 후에 주번은 코피가 흐르는 소년을 다시 출입구 앞에 끌어다 세워놓았다. 벌겋게 달아오른 소년의 얼굴에 두려움이 역력했다.

밖은 어느덧 저녁 어스름에 젖어들고 있었다. 붉게 타오르던 노을도 거의 다 스러졌다.

군데군데 원생들이 무리를 이루고 서 있었다. 갈 때도 숙사별로 모여서 움직이는 모양이었다. 식당에서 조금 떨어진 곳에 우물이 있었다. 남들이 하는 것처럼 용운도 따라가 식기를 닦은 다음 충심사 줄을 찾아 섰다.

"다 모였지? 자, 출발한다. 앞으로 갓!"

스라소니가 나와서 인솔을 했다. 그의 쥐어짜는 듯한 구령 소리가 차츰 커지고 있었다. 저 사람은 누구일까? 누구처럼 부모에게 버림받은 사람일까? 그러나 그게 다 무슨 소용일까 싶다. 용운은 눈물이 치밀어 오르는 것을 참아 삼켰다. 참지 않고 울음을 터뜨리면 무슨 일을 어

떻게 당할지 모르기 때문이다. 이렇게 아름다운 봄날, 수용소의 첫날
이 저물어가고 있었다.

엄마 찾아 삼만리

칸칸한 방안에서 용운은 눈을 말똥말똥 뜨고 있었다. 지친 원생들은 자리에 눕자마자 이내 잠이 들어 코를 골기도 하고 꿈속에서 무언가에 쫓기는지 신음과 비명을 지르기도 했다. 산속 어디선가 두견새가 서럽게 울었다. 용운은 자신이 누워 있는 그 컴컴한 공간이 꿈속인지 현실인지 구분이 안 되어 괴로운 듯 이따금 긴 한숨을 쉬었다.

'엄마는 어디 있을까? 나는 어떻게 되는 걸까?'

5년여 전 그날도 화창한 봄날이었다. 어린 용운은 엄마의 손을 잡은 채 타박타박 걷고 있었다. 천왕산(天王山)엔 연분홍빛 진달래꽃이 흐드러지게 피어 있었다. 뻐꾸기가 멀리서 울었다. 고갯길을 올라가다 눈을 돌리면 산중턱에 상여집이 보였다. 야심한 밤이면 백여우가 나와 돌을 던진다는 얘기가 돌기도 했다. 술에 취한 사람이 도깨비와 밤새도록 씨름을 하다가 술이 깨어 보면 피 묻은 빗자루만 보인다는 소문도 있던 곳. 그러나 엄마가 곁에 있어서 용운은 조금도 무섭지 않았다.

엄마는 평소에 입던 낡은 몸뻬가 아닌 흰 옥양목 적삼과 검정 통치마 차림이었다. 풀꽃처럼 향긋한 냄새가 났다. 엄마의 등에서는 세 살짜리 동생이 업혀 콜콜 자고 있었다. 고갯마루를 넘어 황톳길을 지나서 신작로로 나서자 엄마는 발걸음을 좀더 빨리해 담뱃가게 집으로 들어섰다. 그리고 들고 온 보따리에서 새옷을 꺼내 용운에게 급히 갈아입혔다. 옷이래야 회색 물을 들인 광목 상의에 검정색 핫바지였다. 검정 고무신도 한 켤레 꺼내 놓았다.

"오동댁, 워디 가려구?"

가겟집 할머니가 물었다.

"저희 사정이 어려우니 어쩌나요? 인천에 사는 얘 작은아버지라도 찾아가서 당분간 얘를 좀 맡길까 해서요."

엄마는 눈을 내리깐 채 대답했다.

"참, 용운이 작은아배가 세관에 기시다매?"

"예."

"에구, 잘 생각했구먼. 보릿고개에 한 입이 황소처럼 무섭다구…. 그래, 어서 댕겨오구랴. 시방 용운네 형편이 이것저것 눈치 가릴 때여?"

엄마는 목례를 하고 밖으로 나섰다. 털털거리는 버스를 타고 읍내로 나가서 서울행 기차에 몸을 실었다. 차창 밖으로 휙휙 스쳐가는 보리밭을 바라보던 용운이 입을 열었다.

"엄마, 나 거기 가기 싫어."

"그래도 어쩌니? 너도 집안 사정을 잘 알잖니, 응?"

엄마는 치맛자락으로 눈물을 훔쳤다.

하지만 그날 오후 모자가 도착한 곳은 인천의 작은아버지 댁이 아니라 서울역 앞에 자리잡은 한 고아원이었다. 아직 한글을 채 다 깨우치지 못했던 용운은 팻말을 보면서도 그곳이 뭘 하는 곳인지 알지 못했다. 하긴 글자를 알아도 뜻은 몰랐으리라. 정문을 들어서자 빼빼 마른데다가 버짐과 기계충 투성이의 아이들이 음울한 눈길로 용운을 쳐다보았다. 엄마는 용운을 복도에 기다리게 해놓고 사무실 안으로 들어갔다. 한번 들어간 엄마는 좀처럼 나올 줄을 몰랐다. 한참 기다리다가 지친 용운은 문 앞으로 다가서서 안쪽의 동정을 살피려고 문틈에 귀를 바싹 댔다. 그 순간 웬일인지 엄마의 애원하는 소리가 희미하게 새어나왔다.

"좀 부탁드립니다. 염치없지만 사정이 너무 어려워 그러니 제발 일 년만 좀 거두어 주세요. 제가 식당에서 일을 해 일 년후엔 꼭 와서 데리고 가겠습니다. 선생님, 제발 좀 도와주세요."

그러자 굵은 남자의 음성이 들려왔다.

"그 아줌마 참 끈질기네. 글쎄 몇 번을 말해야 돼요? 아, 전쟁고아만 해도 다 수용하지 못해 쩔쩔매는 판국인데, 부모가 버젓이 살아 있는 애를 대체 어떻게 받으라고 자꾸 떼를 쓰는 겁니까, 네?"

"이렇게 빌겠습니다."

"백번을 말해도 소용없으니 일찌감치 그냥 돌아가세요. 우리도 지금 무척 바쁘

단 말예요. 아니, 식당에 데리고 들어가면 될 텐데 왜 그래요?"

"그럴 형편이 안 되어서요."

용운의 눈에 눈물이 핑글 돌았다. 어린 마음에도 그곳이 고아원이고, 엄마가 자신을 고아원에 맡기려 한다는 것을 알 수 있었기 때문이다. 용운은 다리가 후들거렸다. 엄마가 자신을 고아원에 맡기려 한다는 사실이 믿기지 않았다. 어린 용운은 엄마와 떨어져서는 살 수 없을 것만 같았다. 그래서 엄마가 사무실을 나오자마자 다짜고짜 눈앞의 검정 치마폭에 얼굴을 파묻고 엉엉 울음을 터뜨렸다.

"엄마, 나 다 알어. 날 여기 떼놓고 가려는 거지? 왜 그래, 엄마? 나 엄마 말 잘 들을게, 우리 같이 살아, 응?"

엄마는 아무 대꾸 없이 아들의 물기 어린 눈동자만 내려다보았다. 엄마의 눈을 올려다보던 용운은 눈물이 치마를 다 적시는 줄도 모르고 서럽게 울어댔다. 엄마도 눈물을 흘리며 용운의 손을 잡아 이끌었다. 얼마 후 모자는 다시 서울역에 도착했다. 엄마는 매표소로 가서 잠시 기웃거리다가 오더니 용운을 의자 위에 앉히곤 말했다.

"아직 차 시간이 좀 남았구나. 너 배고플 테니 뭣 좀 먹어야겠다. 여기서 잠시만 기다리거라."

"나 배 안 고파. 정말이야."

용운은 이상한 기분이 들었는지 팔딱 일어서며 말했다.

"저기 가서 찹쌀떡하고 사이다라도 사올 테니 가만히 앉아 있거라. 알았지?"

"어, 엄마, 나도 같이 갈 거야."

"자꾸 그러면 서울 사람들이 촌아이라고 흉본단다. 아까 엄마 말 잘 듣는다고 해

놓구선."

그 말에 용운은 저도 모르게 붙들고 있던 엄마의 치맛자락을 놓고 대합실 의자
에 걸터앉았다.

"그래, 착하지, 우리 애기. 엄마 금방 갔다 올게."

용운은 고개를 끄덕였다. 그러자 엄마는 용운의 등을 한번 어루만지고 나서 사
람들 속으로 사라져 갔다. 주위가 점점 어두워지는데도 엄마는 돌아오지 않았다.
용운은 의자에서 일어나 매표구 쪽으로 갔다가 매점으로도 가보았다. 엄마는 아
무데도 없었다. 용운은 볼을 씰룩거리며 출입문 쪽으로 걸어가서 유리문에 코를
대고 밖을 내다보았다. 가로등이 하나 둘 켜지고 역 앞의 대로를 달리는 차량들
도 헤드라이트를 환히 밝히고 있었다. 건너다보이는 상점들에도 불빛이 휘황찬
란했다.

대합실은 점점 한산해졌다. 얼마 전까지 북적거리던 사람들도 저마다 제 갈 길
로 떠나고 밤열차를 기다리는 사람들만 그림자처럼 조용히 앉아 있었다. 용운은
금방이라도 울음이 터질 듯한 얼굴로 사방을 두리번거렸다. 아무리 찾아도 엄마
는 보이지 않았다. 용운은 출입문을 밀고 밖으로 나섰다가 불안한 기색으로 곧
제자리로 돌아갔다. 언제 엄마가 올지 모르기 때문이리라. 이제 겨우 여덟 살인
아이에게 엄마는 전부였다. 봄이라지만 밤 날씨는 아직 쌀쌀했다. 용운은 구석진
자리에 웅크려 앉아 훌쩍거렸다. 그때 누군가가 그의 옆에 앉더니 손수건을 꺼
내 눈물을 닦아 주었다.

"얘야, 집이 어디니?"

부드러운 목소리였다. 용운은 대답 대신 눈을 들었다. 어떤 여자가 미소를 짓고

수상한 선감학원과 삐에로의 눈물

있었다. 고불고불 파마를 한 긴 머리카락 아래 달걀형의 흰 얼굴이 용운을 유심히 지켜보며 웃음을 지었다. 눈은 웃지 않고 진홍색 연지를 짙게 칠한 입술만 웃었다.

"몰라요, 집을…."

대답을 하기도 전에 용운은 울음보가 터져 더 이상 말을 할 수 없었다. 여자가 몇 가지를 더 물었으나 용운은 도리질만 했다.

"그럼 너 아줌마랑 같이 갈래? 맛있는 밥하구 과자도 주고 따뜻한 방에서 재워줄게, 응?"

용운은 낯선 여인을 경계하면서도 한편으론 그 따스한 친절에 취해 마음의 갈피를 잡지 못하는 듯 눈빛이 흔들렸다.

"자, 가자꾸나. 조금만 가면 따뜻하고 아늑한 방이 있단다."

여인은 용운의 팔을 잡아 일으키려 했다. 하지만 용운은 일어나지 않고 버텼다. 대신 여자의 눈을 쏘아보듯 쳐다보았다. 입으로만 상냥하게 미소짓는 여자는 표정이 없었다. 가늘고 흰 손으로 여자가 용운의 팔을 잡아 이끌었다. 그 순간 용운은 자신도 모르게 소리쳤다.

"아, 안 돼요! 난 안 가요! 여기서 울 엄마를 기다려야 해요!"

"아가야, 엄마는 안 온단다. 어서 가자꾸나."

"거짓말 마요! 엄마는 꼭 온댔어요! 아줌마는 백여우 같아요. 난 절대로 따라가지 않아요. 그러니 어서 저리 가세요!"

"호호, 내가 백여우라구? 호호호, 넌 미친 녀석이로군."

여인은 용운의 눈빛을 보더니 아무래도 안 되겠다고 생각했는지 악담을 하고는 슬그머니 대합실 밖으로 나가 버렸다. 다시 대합실은 적막에 잠겼다. 밤차를 기다리는 사람들은 꾸벅꾸벅 졸고 있었다. 용운은 쓰레기장에서 신문지를 주워 와 깔고 누웠다. 엄마 잃은 어린 소년은 쉽게 잠들지 못했다. 간간이 흐느끼는 한편 차가운 냉기가 몸속으로 스며드는지 이를 부딪치며 달달 떨었다. 밤이 깊어갈수록 점점 추워지고 밖에서는 바람이 빈 깡통을 굴리는 소리가 스산하게 들려왔다.

……마당가의 허물어진 화단엔 꽃보다 잡초가 더 무성하다. 거무죽죽하게 말라 구겨져 버린 지 오랜 장미 아래에 맨드라미와 봉숭아가 피어 있다. 아이는 봉숭아의 푸른 열매를 톡톡 건드려 터뜨리다가 한숨을 쉬고 입맛을 다신다. 다섯 살이 될까말까한 어린 아이는 쌀눈만큼이나 작은 풀꽃을 찾아 한참 들여다보다가 발작적으로 봉숭아 꽃잎을 훑어 따서 마당에다 흩뿌린다.

한여름의 태양이 이글거리며 따가운 빛을 내리쏘고 있다. 울 듯한 표정으로 자기가 버린 꽃잎을 물끄러미 바라보던 아이의 눈에 빛이 돈다. 멀찍이 날아 떨어진 분홍 꽃잎이 움직인다. 다른 것은 가만히 있는데 한 잎만 옴직거린다. 아이는 새끼 고양이처럼 기어 다가간다. 꽃잎 밑에서 통통한 구더기가 불쑥 기어 나온다. 구더기가 꼬물꼬물 전진하자 아이는 검지손가락 끝으로 강아지의 등을 쓰다듬듯이 살살 어루만진다. 구더기는 기겁을 하고 옆으로 나뒹군다. 구더기가 줄행랑을 놓자 아이는 작은 손바닥을 앞에 세워서 거대한 벽을 만들고는 웃는다. 구더기는 이물질에 닿자 방향을 돌리지 않은 채 바로 꽁무니를 머리로 변전시켜 달아난다. 아이의 손가락 끝이 추적자가 되어 말발굽 소리를 내며 뒤따른다. 엎드린 아이의 몸은 곰이나 거인 같다. 도망자는 발굽에 짓이겨진다. 아이의 입술

사이로 웃음이 비어져 나온다.

순간 날카로운 폭음이 하늘을 가르며 울려 퍼진다. 움찔 놀란 아이는 핼쑥해진 얼굴로 하늘을 쳐다본다. 전투기가 지나가며 길고 허연 생채기를 남기고 있다. 전투기는 태양보다 더 높이 떠가는 것 같다. 그 중 한 대에서 은빛 광채가 눈부신 폭탄이 두 발 쏟아지고, 아이는 두려움을 견디지 못하고 끝내 울음을 터트린다.

용운은 부르르 떨며 눈을 떴다. 꿈인지 생시인지 아리송했다. 얼른 일어나서 이리저리 걸어다녀 보았다.

서울역 대합실에서 사흘 동안 엄마를 기다렸지만 엄마는 오지 않았다. 누군가 던져준 동전 몇 푼으로 풀빵을 사먹으며 견뎠지만, 끝끝내 엄마는 오지 않았다. 용운은 직접 엄마를 찾기로 했다. 아무래도 엄마가 이곳을 잊어버리고 있을 것 같았다. 그래서 엉뚱한 곳에서 자신을 찾아다닐 것만 같았다. 용운은 현기증과 싸우며 남산으로 올라갔다. 계단을 오를 때는 눈앞이 가물가물해져 엎어질 것만 같았다. 용운은 이를 악물고 걸어 올라가 겨우 한 계단 위에 주저앉았다. 지난번에 엄마와 함께 앉아 소나무 껍질을 갉아 먹었던 곳이었다.

"엄마…."

용운은 중얼거리며 일어서서 다시 계단을 올랐다. 저 위쪽, 하얀 탑과도 같은 건물이 우뚝 솟아 있는 그곳에 엄마가 있을지도 몰랐다. 어쩌면 엄마가 자기를 데리고 이곳에 올라왔던 이유는, 저 탑을 표지로 삼아 언젠가 다시 만나자는 무언의 약속이었는지도 모른다는 생각이 들었다.

"그래, 엄마 꼭 오실 거야. 아니, 이미 저 위에 와서 나를 기다리고 있는지도 몰라. 엄마는 나를 내버린 게 아니고, 중요한 일이 있어 잠시 다녀오실 거야."

용운은 힘을 내어 남산 정상으로 뛰어 올라갔다. 눈앞이 탁 트인 넓은 광장을 바라보며 용운은 불안한 눈빛으로 두리번거렸다. 흰 적삼에 검정 무명치마를 입었던 엄마는 어디에도 없었고, 또 그 넓기만 하고 무정한 곳에서 언제 어떻게 엄마를 찾아야 할지 막막하기만 했다. 혹시 엄마에게 무슨 나쁜 일이 생기지 않았는지 걱정스럽기도 했다. 분수대 앞에서는 엄마 아빠 손을 잡은 어린 아이 둘이 사진을 찍고 있었다. 고운 옷을 차려 입은 그들은 해맑은 미소를 지으며 비둘기에게 과자를 던져 주었다. 용운은 어디론가 가야 한다는 것을 알았다. 여기에 엄마가 없으니까.

남산을 내려와 기슭을 돌아 큰 길을 건너 내려가자 시장 입구였다. 허름한 주막의 좌판 앞에 노인네 몇 명이 앉아 떠들고 있었다. 좌판 위에는 소주병과 막걸리, 그리고 그릇에 담긴 달걀 따위가 놓여 있었다. 그것을 본 용운의 뱃속에서 꼬르륵 소리가 났다. 한 노인네가 소주를 한 잔 마시고 나서 달걀을 들고 까기 시작했다. 용운은 예전에 엄마가 삶아서 까주던 하얗고 매끄러운 달걀이 생각나서 군침을 꼴깍 삼켰다. 그런데 노인의 손에 들린 달걀 껍질 속에서는 전혀 다른 것이 나오고 있었다. 노르스름한 털뿐만 아니라 감은 눈과 분홍색 부리까지 달린 병아리였다. 노인은 무슨 말 끝에 실없이 허허 웃으며 그 죽은 병아리를 슬슬 뜯어먹었다. 알 껍질을 깨고 나와 날개를 펴고 울어 보지도 못한 채 삶겨 버린 그것은 '곤달걀'이라고 하는 보양식이었다.

용운의 머릿속에서 드시던 옛날에 폐병을 앓던 아버지가 뱀이나 지네 따위를 고

수상한 선감학원과 삐에로의 눈물

아 약이라며 먹던 모습이 떠올랐다. 심지어 아버지는 쥐도 잡아 먹었다. 약탕기 속에 들어가지 않으려고 꿈틀거리던 뱀의 눈을 보며 용운은 몸서리를 쳤다. 병아리 살은 뜯어먹고 털은 뱉어 버리는 노인을 바라보면서 용운은 또 몸을 떨었지만, 빈 뱃속에서는 다시 꼬르륵 하는 소리가 났다. 입을 다시는 용운을 바라보던 어떤 아저씨가 그릇에서 곤달걀 한 개를 집더니 휙 던져 주었다.

"옛다, 먹거라, 하하."

용운은 땅에 떨어져 병아리의 모습이 반쯤 드러난 곤달걀을 보며 망설이고 있었다. 마침 좌판 밑에 웅크리고 있던 발바리가 기어 나오더니 곤달걀을 낼름 물고서는 좌판 밑으로 들어가 버렸다.

차라리 잘 되었다 싶은 용운은 남대문 시장 안으로 걸음을 옮겼다. 멀리 서울역쪽에서 기적 소리가 들려왔다. 시장 안은 북새통이었다. 떡 목판을 앞에 놓고 앉은 아줌마를 비롯하여 풀빵 장수, 팥죽과 수제비 장수, 김밥 장수 등이 쭉 늘어서 있었다. 인절미를 사러 간다던 엄마 생각이 났다.

왼편으로는 국수를 삶아 파는 노점들이 줄지어 있었다. 손님 대부분이 그 주변의 짐꾼들로 여기저기 지게가 세워져 있었다. 주인아줌마가 솥뚜껑을 열자 안개같은 김과 함께 구수한 멸치 국물 냄새가 물씬 피어올랐다. 용운은 정신이 혼미해진 채 저도 모르게 침을 꿀꺽 삼켰다.

한 짐꾼에게서 돈을 받던 아줌마가 넋을 놓고 서 있는 용운을 힐끗 쳐다보더니 대번에 눈초리가 샐쭉해졌다.

"야, 니 뭐꼬?"

용운이 멈칫거리자 여자는 냉큼 물바가지를 움켜잡았다.

"저 문디 같은 자슥, 물벼락 맞기 싫거덩 빨랑 꺼지라카이!"

문득 용운은 양푼에 비친 자신의 모습을 보았다. 며칠 동안을 흙바닥에서 뒹굴어서 먼지와 눈물로 범벅된 얼굴이 낯선 아이처럼 서 있었다. 그랬다. 거지였다. 용운은 어디로든 가버려야 할 것 같아서 자리를 뜨려고 하는데 누군가 용운을 불렀다.

"얘, 꼬마야."

돌아보니 풀빵 장수였다. 풀빵을 하나 집어주었다. 용운은 황급히 받아들고 그곳을 빠져나와 허겁지겁 먹었다. 꿀맛이 따로 없었다. 간에 기별도 안 갔지만 그나마 먹고 나니 살 것 같았다. 이제 다시 엄마를 찾아야겠다는 생각이 들었다. 용운은 서울 시내를 쉬지 않고 헤매며 지나가는 사람들의 얼굴을 빠짐없이 살폈다. 검정 치마를 입었거나 뒷머리 모습이 엄마와 흡사하다 싶으면 급히 앞질러 가서 얼굴을 확인했다.

어린 용운의 머릿속에 부산, 대전, 제주도… 하는 식의 지역은 안개 속 같았고, 따라서 어머니가 멀리 떠났을 수도 있다는 것은 생각도 못했다. 그래서 물로 배를 채워가며 날마다 거리를 헤맸다. 그러나 엄마는 그 어디에도 없었다. 마치 하늘 아래에서 사라져버린 것만 같았다.

바닷가 조약돌 같은 선감 형제들

새벽, 모두들 세상모르게 잠들어 있을 때였다. 고막을 마구 헤집고 들려오는 소리가 있었다.

"기상!"

복도가 온통 우렁우렁 울렸다. 새벽잠을 깬 아이들이 희미한 어둠 속에서 이리저리 꿈틀거렸다. 눈을 겨우 뜬 용운은 천장을 멍하니 쳐다보았다. 순간 그는 잠자리가 예전과는 다르다는 사실을 깨달았다. 쓰레기 하치장이나 다리 밑, 혹은 처마 밑에서 잔뜩 웅크린 서글픔도 없었고, 노숙자의 스산함도 느낄 수 없었던 것이다.

'아 참, 여긴 수용소지. 그래, 난 지금 언제 나갈지도 모르는 감옥섬에 잡혀 와 있는 거야.'

용운은 현실을 떠올리듯 중얼거렸다.

"사장 오기 전에 빨리빨리 움직여! 찍혀서 얻어맞지 말고 모포 정돈들 잘해!"

반장 백곰이 소리 질렀다.

용운은 급히 일어나 다른 원생들이 하는 것을 보며 담요를 개었다. 반장의 지시를 기다릴 것도 없이 옥사 안팎의 청소가 시작되었다. 호롱불의 불빛이 희미한 실내는 사물이 겨우 보일 만큼 어두웠지만, 밖은 좀 나은 편이었다.

바다의 새벽은 육지와 달라 신비로움이 느껴졌다. 밤새 내린 보슬비 탓에 땅의 감촉이 촉촉하게 느껴졌다.

아직 잠이 덜 깬 멍한 기분 때문인지 원생들은 서로 얼굴을 쳐다보지도 않고 묵묵히 청소만 했다. 1개 사동에 5개 반이 바글대는 가운데 제각기 습관적으로 자신들이 맡은 구역을 쓸고 닦을 뿐이었다. 마루는 얼마나 닦아댔던지 티끌 하나 없이 얼굴이 비칠 정도였다.

청소를 끝내고 세면장으로 향할 때쯤에는 아침 햇살이 환히 내려 비치고 있었다. 세면장은 숙사에서 조금 떨어진 곳에 있었는데 그것은 커다란 우물이었다. 용운이 뒤늦게 갔을 때 그곳은 이미 만원이었다. 바글대는 원생들 틈에서 빈 세숫대야 하나를 발견하고 집으려는 순간이었다.

"어라? 요 쥐만한 새끼가 겁도 없이 어디다 손을 대?"

뒤에서 누가 용운의 엉덩이를 세게 걷어찼다. 깜짝 놀라 돌아보니

수상한 선감학원과 삐에로의 눈물

콧구멍이 돼지코처럼 큰 원생이 칫솔을 입에 문 채 눈알을 부라리고 있었다. 손잡이가 부러져 나뭇가지를 대고 고무줄로 동여맨 허접스런 칫솔이었다.

"새끼, 보아하니 초짜로구만. 너 몇 반이야?"

"3반입니다."

"쥐새끼 놈아, 그럼 니네 반 걸 써야지 아무거나 손대면 어떡해!"

돼지코는 완강하게 말하더니 칫솔질을 계속했다. 팔이 움직일 때마다 목걸이처럼 매달린 비눗덩이가 이리저리 흔들렸다.

용운은 이리저리 두리번거렸다. 세숫대야는 반별로 두 개씩뿐이고, 그것은 고참 서열대로 사용 중이었다. 용운은 이만 닦고 세수는 수건에 물을 축여 대충 문지르는 것으로 끝냈다.

어제와 마찬가지로 인원 파악을 끝내더니 똑같은 밥이 나왔다. 아침 식사 시간이 끝나자마자 사장 왕거미가 또 전원을 집합시켰다. 점호 시간이 됐다는 것이었다. 신입이라 더욱 그렇게 느껴졌겠지만 용운은 그 분주함에 숨돌릴 틈이 없을 지경이었다.

원생들은 다시 본관 앞 운동장으로 향했다. 모든 원생이 질서 정연한 대열을 갖추자 주임 선생이 외쳤다.

"차렷!"

그 소리와 함께 선감학원 원장이 연단 위로 올라섰다. 그는 칼날처럼 날카롭게 줄이 선 군복을 차려입고 군모를 눌러쓰고 있었는데, 거기엔 대령 계급장이 붙은 채 햇빛을 받아 유난히 반짝이고 있었다. 먼저 인원보고가 시작되었다. 충심사 차례가 되자 왕거미 사장이 거수경례를 척 올리고 나서 우렁차게 외쳤다.

"총원 115명, 사고 무, 현재 인원 115명. 이상 점호 집합 끝!"

각 사의 보고가 끝날 때마다 원장은 머리를 약간 끄덕여 보였다. 마지막 사까지 보고가 끝나자, 다시 주임 선생의 구령에 따라 애국가 제창이 있었고 곧 원장의 훈시가 이어졌다.

"친애하는 원생 여러분! 선감도에 또다시 보람찬 하루의 태양이 밝았습니다. 오늘 하루도 열심히 노력하면서 지난날을 반성하고, 나아가 여러분에게 쏟는 조국의 성의와 관심에 감사하는 마음을 가져야 할 것입니다."

그는 헛기침을 한번 뱉었다.

"되새겨 보면, 우리는 오랫동안 허송세월을 보낸 민족입니다. 게으르고 자립심이 부족하고 남한테 한탄하는 습성! 이게 여러분의 피 속에 남아 있었던 겁니다! 하느님이 여러분에게 고난을 주신 것도 여러분을 단련시키기 위해서입니다. 하느님은 중요한 고비마다 길을 열어 주셨으니, 여러분이 고난 속에서 단련되고 난 다음에야 비로소 새 삶을 허용할 것입니다."

원장은 입에서 나오는 대로 그냥 의미 없이 주절대고 있었다.

원래 선감원은 일제 식민지시대인 1943년에 조선총독부가 부랑청소년 감화시설로 세웠다. 하지만, 실제로는 독립군의 자손을 수감하

수상한 선감학원과 삐에로의 눈물

고 또한 부모가 없는 아이들을 데려다가 교련시켜 가미가제 등 전쟁터의 총알받이로 쓰거나 또는 군수공장에 보냈던 곳이었다.

해방 이후 '선감학원'으로 명칭을 바꾸고 전쟁 고아들을 수용하는 사회복지 시설로 그 역할이 바뀌었는데, 말이 학원이지 사실은 강제 노동수용소와 마찬가지였다. 수용소는 다섯 개의 사동과 여러 개의 부속 건물로 되어 있었다. 충심사를 비롯하여 각심사, 세심사, 일심사, 정심사 등의 숙사와 사무실, 양호실, 식당, 창고, 축사, 목공실 따위였다.

총 원생 수는 1천여 명에 가까웠다. 전쟁고아 출신의 부랑아가 많았지만, 그중에는 가난하나마 단란하고 따스한 가족이 있는 아이들도 섞인 상태였다. 그들은 경찰의 실적 올리기식 일제단속에 붙잡혀 억울하게 끌려온 피해자였다. 또한 소년원 등에서 이감시킨 범법자도 얼마쯤 섞여 있었다.

원장의 훈시가 끝나자 부원장이 올라서서 작업 지시를 내렸다. 작업 분담, 목표량, 주의사항 따위였다. 염전 작업에 나가는 인원을 제외한 원생들에게 내려진 임무는 나무 심기와 영농장의 똥오줌 뿌리기 작업이었다. 어제 들어오면서 본 그 염전은 수용소에서 운영하는 것이었다. 작업 지시가 끝나자 주임 선생의 구령에 따라 선감원의 원가(院歌)를 불렀다.

신선이 노닐던 선감도 청산 기슭에

새 삶의 학원이 자리잡았네

푸른 물결에 해맑게 씻긴

바닷가 조약돌 같은 우리 선감 형제들

푸른 하늘 별들도 우리하고 놀지요

아~ 선감학원~

참된 갱생의 요람이 되리

원가를 부른 다음 그 길로 모두 작업장으로 향했다.

충심사는 영농장 쪽이었다. 변소에서 인분을 퍼서 넓은 채소밭에 날라다 뿌리는 일이었다. 생전 처음 져보는 똥지게가 용운에겐 벅차기만 했다. 옥사의 변소에서부터 채소밭에 이르는 수백 미터는 곧 분뇨통을 짊어진 원생들의 행렬로 메워졌다. 길 여기저기에는 반장들이 몽둥이를 들고 서서 오가는 원생들을 다그쳐댔다.

"너희들의 똥이니 더럽다고 생각마라. 야, 빨랑빨랑 움직여!"

정신없이 닦달을 받으며 울퉁불퉁한 길을 한참 왕복하자 휴식 명령이 내려졌다. 용운은 기진맥진하여 밭둑 위에 아무렇게나 퍼질러 앉았다.

때마침 시원한 한 줄기 바닷바람이 불어와 땀이 밴 이마를 훔치고 지나갔다. 눈앞에 펼쳐진 짙푸른 해면에 투명한 햇살이 내려 비치고 있었다. 그것은 물결을 타고 수천 수백 마리의 은빛 고기떼처럼 눈부

시게 파닥거리고 있었다. 오른쪽으로 고개를 돌려보니 바다 멀리 육지의 꼬리인 마산포가 어슴푸레 눈에 들어왔다. 용운은 저도 모르게 눈가가 촉촉해졌다.

'언제쯤 저 바다를 건너 다시 저 땅을 밟게 될까? 그런 날이 오기는 올까? 아, 엄마가 보고 싶다!'

불현듯 저 마산포에 엄마가 있을 것만 같았다. 그렇게 찾아 헤맸지만 찾지 못했던 엄마, 그 엄마가 어쩌면 마산포 어귀 어디쯤에 와 있을 것만 같았다. 용운은 가슴이 싸하게 시려 오면서 눈물이 핑 돌았다. 그러나 용운은 그 눈물을 삼켰다. 이곳에서는 눈물부터 조심해야 한다는 것을 알았기 때문이다. 그리고 그것이 자신을 지킬 수 있는 요령이라는 것도. 그래도 터져 나오는 눈물이 참아지지 않았다. 뾰족하게 올라오는 이 울음을 어찌해야 할까?

'엄마….'

용운은 입속으로 살며시 불러보았다.

급히 옷소매로 눈물을 찍어내는데 누군가가 슬그머니 다가와 붙어 앉았다. 삐에로였다.

"형!"

힘든 곳에서 만난 유일하게 친한 사람이어서 반가웠다. 그는 용운보다 세 살 위였다.

"구름아, 정말 힘들지?"

삐에로가 낮은 목소리로 중얼거렸다. 그는 언제부턴가 용운을 '구

름'이라고 불렀다. 용운(龍雲)의 뜻을 풀면 '구름을 헤치고 승천하는 용'
이라면서 씩 웃었다. 그러면서 "용처럼 잘났다고 나서지 말고 구름 속
에 숨어서 때를 기다려야 해." 하고 도사 같은 표정으로 일러 주었다.

"형도 힘들지?"

"신세 망쳤다. 고아원이라도 감사하며 그냥 있어야 하는 건데, 괜히
채플린 흉내나 내다가⋯."

삐에로가 한숨을 토해냈다.

"형, 우린 언제까지 이러고 살아야 되는 거야? 언제고 내보내주기는
할까?"

"아무래도 희망이 절벽 같다. 그러나 절벽엔 희망이 있지. 그러니까
탈출을 하다 죽고 그러지."

"탈출? 아니, 무슨 수로 탈출을 해?"

"몰라. 하여간 저쪽 너머에 마을이 있는데, 거기서 조금만 더 올라가
면 공동묘지가 있대더라."

"공동묘지?"

"응. 꺾인 소망의 잔해가 묻혀 있겠지."

삐에로가 멀리 마산포로 눈길을 옮기며 중얼거렸다.

"⋯⋯."

"저렇게 빤히 보이는데도 갈 수가 없으니⋯."

"형, 저기까지 거리가 얼마나 될까?"

"왜? 헤엄이라도 쳐서 건너게?"

수상한 선감학원과 삐에로의 눈물

"누가 그런댔어?"

"하긴 뭐, 중요한 건 해골이니까…."

삐에로가 뜻 모를 소리를 중얼거렸다.

"뭐?"

표정이 다소 굳어 있던 삐에로가 한참 만에 입을 열었다.

"너가 좋아하는 사람의 해골을 한 번쯤 생각해 봐. 난 이따금 채플린의 해골을 생각한단다. 그나저나 참, 복도 담당도 못할 노릇이야."

"형, 참 이상하지? 복도에다 누가 똥을 싸놓는다는 게 정말일까?"

"그렇잖아도 누가 얘기해 주더라. 지금은 별로지만 얼마 전까지만 해도 그런 일이 많았대."

"아니 왜?"

"귀신 소문 때문이래."

"뭐, 귀신?"

"얼마 전부터 이 섬에 귀신이 나온다는 소문이 돌기 시작했다는 거야. 그래서 밤에 변소 가기 무서워서 그냥 복도에다 싸고 토끼는 거래. 히히…."

"무서워. 어… 어떤 얘긴데?"

"석 달 전, 바람이 무척 심한 날이었다나 봐. 마을 사람 박씨가 잠이 안 와서 방파제로 나갔는데 말이지, 아주 가까운 데서 여자 울음소리가 바람에 섞여 들려오더라는 거야. 이상하다 싶어 사방을 둘러봤더니 흰 소복을 걸친 여자 하나가 방파제 위에서 고개를 파묻고 슬피 울더

래지 뭐야."

"전설의 고향 같잖아…."

"아냐, 직접 겪었대. 생각해 봐. 으스스한 늦가을 밤에 소복 차림으로 찬바람을 맞으면서 울고 있으니 얼마나 기분이 나쁘겠냐? 그런데 미련한 박씨는 작은 섬이라 분명 아는 사람일 거라 생각하고 다가갔더래."

"응? 그래서?"

"다가가서 누구냐고 몇 번을 물었지만, 아무리 불러도 여자는 계속 울기만 하면서 무릎 새에 파묻은 얼굴을 들지 않더라는 거야. 할 수 없이 바짝 다가가서 어깨를 흔들자 여자가 울음을 뚝 그치고 천천히 고개를 들더래. 근데 어쨌는지 아냐?"

"……."

"혼비백산한 박씨는 그대로 기절해 버렸는데, 그 뒤로도 헛소리만 하면서 송장처럼 앓아누워 있었대더라. 죽지 않은 게 다행이래."

용운은 등골이 서늘해졌다. 사실인지 거짓인지 알 수 없었지만 오싹한 느낌은 어쩔수가 없었다.

"형, 그런데 요새는 어째서 그런 애들이 뜸하다는 거야?"

"지금은 불침번들이 수시로 감시한다는데 쉽겠냐? 또 시작할라나 보다."

그의 말에 맞춰 큰 소리가 들려왔다.

"휴식 끝!"

삐에로가 일어서며 재빨리 말했다.

"몸조심해야 해. 여러 번 찍히면 감화원으로 보낸다잖아."

전라도 목포에서 멀리 떨어진 고하도(高下島)라는 외딴섬에 지독한 악질들만 수용하는 무시무시한 감화원이 있다고 했다.

절뚝발이 천사

이틀째 비가 내렸다. 작업이 없어서 시간 여유가 좀 많았다. 틈 날때마다 낡은 수첩을 꺼내 보며 손가락셈을 하던 반장 백곰이 용운을불렀다.

"너, 오늘이 무슨 날인지 아냐?"

"잘 모르겠는데요."

"임마, 오늘이 바로 이장네 옆집 잔칫날이잖어?"

백곰이 둥근 얼굴에 박힌 작은 갈색 눈으로 노려보며 수첩을 펴서손가락 끝으로 톡톡 두드려 보였다. 그곳에는 마을 사람들의 애경사날짜로 보이는 숫자들이 빼곡히 기록되어 있었다.

"그러니까 가서 목구멍 청소할 것 좀 얻어 와라. 너 사회에서 각설이 노릇 했으니 물론 잘 하겠지?"

그러더니 백곰 반장은 시선을 돌렸다.

"야, 채플린, 너 같이 갔다 와. 괜히 지랄 떨지 말고 잘해."

반장이 천장을 보고 누운 채로 지시했다. 명령을 등 뒤로 들으며 용운은 밖으로 나섰다. 그때 백곰 반장이 일어나 슬며시 따라 나오더니 용운의 손에 뭔가 쥐어 주며 속삭였다.

"야, 내가 얘기하던 년 알지? 잘 찾아가서 제대로 전하라구."

그는 빙긋 웃었다. 뭉툭한 코 밑의 입이 검붉었다. 용운이 안마 담당을 맡아 해줄 때 백곰은 조용한 틈을 타서 흥흥거리며 어떤 여자에 대한 얘기를 들려주곤 했다. 마을의 어느 골목에 살며, 웃으면 보조개와 덧니가 예쁘다는 것이었다.

함부로 마을에 들어가는 것은 물론이고 선감학원의 구역을 벗어나는 것 자체부터가 위법이었다. 그럼에도 모험을 하면서까지 보내는 것은 그만큼 먹는 것에 대한 강렬한 욕망을 억제할 수 없기 때문이다.

숙사를 나온 용운은 손바닥을 펴 보았다. 파르스름한 빛깔이 도는 옥반지였다.

"그게 뭐야?"

삐에로가 물었다.

"응, 반장 심부름."

"흠, 그러니까 큐피드가 되어 사랑의 배달을 한다는 얘기로군. 흐흐…."

둘은 길을 버리고 해발 1백여 미터의 뒤쪽 당산을 탔다. 산허리를 타고 상삿골(相思谷)까지 돈 다음 논두렁을 가로질러 언덕에 올랐다. 직선거리로 얼마 되지 않는 마을은 바로 언덕 너머에 있었다. 별로 크진 않았으나 20여 채의 집들이 방파제를 한쪽에 끼고 옹기종기 모여 있었다. 초입의 남새밭은 상추와 쑥갓의 싱그러움이 한창이었다.

잔칫집 앞에는 벌써 열 명도 넘는 원생들이 서성대고 있었다. 안에서 진행 중인 예식이 끝나기만을 기다리고 있는 중이었다. 모두가 자기 반 고참들의 특명을 띠고 모여들었을 것이었다.

안에서 상을 치우는 북적임이 들려왔다. 염치 불구하고 슬금슬금 몰려 들어가는 원생들의 뒤를 따라 용운도 안으로 들어갔다. 부엌 쪽에서 잔칫집 특유의 구수한 냄새가 물씬 날아들었다. 뱃속에서 꼬르륵 처절한 신음소리가 새어나왔다. 떡이며 과일이며 교자상 위에 풍성하게 차려진 기름진 음식들로 눈이 어지러울 지경이었지만, 우선은 그런 데까지 신경 쓸 처지가 아니었다. 여기 온 목적을 해결하는 것부터가 급했기 때문이었다.

용운은 슬쩍 잔칫집을 나와서 좁은 골목길로 뛰어갔다. 탱자나무 울타리 옆을 스쳐 대밭을 지나 돌아들자 허름한 집 한 채가 나타났다. 참새가 짹짹거리는 소리뿐 집 안은 적막했다.

초가집 안에는 아무도 없는 것 같았다. 초가집은 금방이라도 무너져 내릴 것만 같았다. 지붕은 삭아서 마치 노인네의 머리카락처럼 잿빛이었고, 기둥이나 마룻장도 거무튀튀하게 변색한 채 기울어지고 있었다.

그나마 마당 가의 화단에 심은 채송화나 봉숭아꽃이 피어 있어 황폐한 느낌을 좀 덜어주었으나, 질척한 마당 구석으로 지렁이나 두꺼비가 슬금슬금 기어다녀 기분이 나빴다.

"앗!"

살구꽃나무 가지 위에 똬리를 틀고 있는 구렁이를 본 용운이 짧은 비명을 질렀다. 구렁이는 도망가지도 않고 붉은 혀를 날름거렸다. 용운이 돌아서 나오려 할 순간 창호지를 바른 방문이 살짝 열렸다.

"누구세요?"

맑으면서도 좀 쉰 듯한 목소리가 들려왔다. 용운은 주춤주춤 게걸음을 걸으며 그쪽으로 다가갔다. 만일의 경우에 도망치기 위해서였다.

"어떻게 여길 왔죠?"

말소리가 여운을 끌며 사라지는가 싶더니 낡고 어스레한 방에서 소복 차림의 한 여자가 나왔다.

"저…."

용운은 말을 못하고 멍하니 서 있었다. 칠흑같이 검은 머리가 그녀의 핼쑥한 얼굴을 반쯤 가렸으나, 크고 이상야릇한 빛을 띤 보석처럼 빛나는 검은 눈이었다.

'혹시 방파제 바위 위에 나왔다던 귀신이 저 여자가 아닐까?'

문득 그런 생각이 들었다.

여자가 웃자 백곰이 말했듯이 보조개와 덧니가 살짝 드러났다. 좁은 툇마루 위에서 살그머니 걷는 두세 발짝 걸음이었지만, 용운은 그녀가 절름거리고 있음을 알았다. 마루턱에 걸터앉을 때 살짝 드러난 한쪽 다리가 핏기 하나 없이 희고 어린애 팔목처럼 가늘었다. 아마 소아마 비인 것 같았다.

"이쪽으로 와서 좀 앉으렴. 그래, 무슨 일이니?"

용운은 댓돌이 놓인 축담으로 쭈뼛거리며 올라가 주머니에서 옥반 지를 꺼내 내밀었다. 여자의 눈에 호기심의 빛이 조금 반짝였다.

"이게 뭐지? 왜 내게 주는 거야?"

"백곰 반장님이 보냈어요. 그러면 아신다던데요."

여자는 희미하게 미소를 떠올리더니 말했다.

"그 아저씨, 정말 웃기는 사람이야. 자꾸 이러면 내가 받을 거라 생 각하나 봐. 난 그런 것 필요 없으니 가져가서 돌려줘. 그리고 마음 수양 이나 잘 해서 어서 육지로 돌아가길 칠성님 전에 빈다고 전해 줘."

"안 돼요. 도로 가져갔다간 반장님한테 맞아죽는단 말예요. 그러니 그냥 받아 주세요, 네? 누나 제발…."

용운은 저도 모르게 울상을 지었다. 반지를 다시 가져가면 백곰은 분명 여자에게 거절당한 울화통까지 더해서 욕설을 퍼붓고 폭행을 가 할 것이었다.

여자는 긴 속눈썹이 그늘을 드리운 큰 눈으로 용운을 물끄러미 바 라보고 있더니 말없이 반지를 받았다. 그러고는 용운의 팔을 끌어당겨 까까머리를 쓰다듬더니 품속에다 살포시 껴안아 주었다. 그녀의 눈망 울에 저절로 눈물이 어리고 있었다. 용운은 마치 엄마 품에 안긴 아이처럼 가만히 있었다.

하지만 계속 그러고 있을 수는 없었다. 자신은 어디까지나 수용소 원생이었다. 만일 들키기라도 한다면 뼈도 못 추리게 매타작을 당할 터였다. 용운은 몸을 일으켜 여자에게 손을 흔들고는 싸리문 밖으로 뛰어나갔다. 그러다가 갑자기 몸을 돌리더니 용운은 모깃소리처럼 기어들어가는 소리로 말했다.

"누나, 미안해요. 내가 자꾸 떼를 써서… 싫은 걸 억지로 받게 해서요…."

검은 머리카락에 노란 나비 같은 리본을 단 여자는 창백한 얼굴에 미소를 지으며 살짝 손을 흔들었다.

용운이 다시 잔칫집으로 가 보니 동료들은 볼일을 다 봤는지 슬슬 떠나려는 참이었다. 그런데 문제가 발생했다. 짱돌이란 아이가 대문을 나서면서 급히 찹쌀떡을 두어 개 꺼내 입에 집어넣었던 것이다. 일단 실속부터 차리고 보자는 생각이었겠지만, 같은 반 부엉이에게 딱 걸리고 말았다. 그 집을 나와 한적한 고갯마루에 이르렀을 때 부엉이가 짱돌을 불러 세웠다.

"야 임마, 너 일루 좀 와!"

"왜?"

"이 새끼가 간땡이가 부었나."

부엉이가 달려들면서 짱돌의 옆구리를 힘껏 찼다.

"누군 입이 없어서 못 먹는 줄 알어? 선배도 가만히 있는데 쫄따구가 어디서 겁도 없이….”

그러면서 옆구리를 움켜쥔 짱돌의 따귀를 다시 세게 올려붙였다.

“어디 더 잡숴 보시지, 응?”

부엉이가 좀체 손찌검을 멈추려 하지 않자 짱돌도 울화가 치민 모양이었다.

“야, 이거 너무하는 거 아니냐?”

예기치 않은 짱돌의 반격에 부엉이가 눈을 동그랗게 떴다.

“어쭈~ 이 새끼 좀 봐라.”

“야, 여기서는 니가 선밴지 모르지만 밖에 나가면 내가 더 선배야, 알어? 한두 대 때렸으면 됐지 이렇게 끝없이 잡치는 이유가 뭐냐? 나중에 딴소리 없기로 하고 한번 붙어 볼까?”

“뭐라구? 하하, 이 자식이….”

부엉이가 어이없다는 듯이 웃었다. 그도 그럴 것이, 비유하자면 둘은 마치 좁쌀과 콩알처럼 덩치가 무척 차이가 났다. 부엉이가 휙 몸을 날려 짱돌의 가슴을 사정없이 찼다. 짱돌은 채 피하지도 못하고 길바닥에 굴렀다. 부엉이는 곧장 달려가서 발로 지근지근 밟았다. 그런데 이번에는 짱돌이 재빠르게 요리조리 몸을 굴려 피하는 것이 아닌가. 그러다가 기회를 보아 부엉이의 엉덩이를 걷어차고는 발딱 일어섰다.

화가 난 부엉이가 인상을 구기며 휙 주먹을 날렸다. 짱돌은 재빠르게 피했다. 부엉이는 주먹과 발길을 연속해 날렸다. 짱돌은 마치 사나운 범의 맹타를 무화시키는 담비처럼 피하다가 번개 주먹을 날렸다. 부엉이가 휘청했다. 그러나 그것도 잠시였을 뿐 곧 반격이 시작되었다. 성난 부엉이의 바윗돌 같은 주먹이 강타하자 짱돌의 코에서 피가 튀고 이빨이 빠져 공중을 날았다. 연이은 타격으로 짱돌의 눈두덩이 시퍼렇게 부어올랐다. 하지만 짱돌은 끈질기게 달라붙었다. 시간이 얼마나 흘렀는지 혹은 전혀 흐르지 않았는지 모를 지경이었다. 짱돌은 맞을수록 기진맥진하면서도, 눈에서는 독이 올라 죽기 살기로 달라붙었다. 너 죽고 나 죽자 하는 식이었다. 얼마나 지났을까, 결국엔 때리던 놈이 먼저 지쳐서 손을 들고 항복을 선언했다.

"야, 제발 이제 그만하자."

"개소리 집어치워! 때린 새끼가 먼저 그만두자구? 어디 끝까지 가보자구."

"자식아, 그렇다고 사람을 죽일 순 없잖아?"

"죽이든지 말든지… 끝에 누가 나가떨어지나 보자구, 흥!"

"그건 반칙이야, 임마!"

"흐흥, 겁나는가 보군."

짱돌은 웃음을 흘리며 말했다.

"사람을 살인자로 만들려 하다니, 치사하다 자식아. 그렇게 억울하면 니가 차라리 나를 쳐라!"

부엉이가 먼저 지쳐 손을 들고 항복을 선언했다. 짱돌의 악바리 같은 싸움은 그렇게 해서 끝이 났다.

숙사로 돌아가자 스라소니 눈이 인상부터 썼다.

"이 자식들, 너희들 왜 이제 와?"

"오다가 2반 애들끼리 싸움이 붙었는데, 완전히 결투 영화의 한 장면 같았어요."

삐에로가 손짓 발짓을 섞어 넣으며 말했다.

"채플린 아니랄까봐 영화 얘기냐."

스라소니가 삐에로의 뒤통수를 손바닥으로 후려쳤다.

"새끼들 맛이 간 모양이군. 그건 그렇고 얼마나 얻어 왔냐?"

삐에로가 용운의 것까지 합쳐서 건네었다.

"에게, 겨우 요거야? 너네들 몰래 처먹고 오리발 내미는 것 아냐?"

스라소니가 눈을 부라렸다. 말은 그러면서도 그는 반장 앞으로 다가앉으며 뭉치를 풀었다. 여러 개의 눈이 침을 삼키며 바라보았다. 스라소니는 반장 앞으로 음식물을 공손히 밀어 놓았다.

"많이 드십시오, 백곰 형님."

"흐흐흐, 그래. 모처럼 이런 날도 있어야 살지."

백곰은 인절미를 하나 집어 입속에 넣고 오물거리며 말했다. 그는 의외로 욕심 없이 손가락에 묻은 콩고물을 털더니 말했다.

"야, 너희들도 맛 좀 봐라."

동시에 여러 개의 손이 갈고리처럼 뻗어 나와 음식을 집었다. 그 소동을 못 본 척 백곰은 용운을 슬쩍 밖으로 불러내더니 물었다.

"그건 잘 전달했냐?"

"예."

"그래, 뭐라고 하던?"

"급해서 금방 뛰어나왔어요."

용운은 그 누나가 한 말은 가슴속에 넣어 숨겼다.

"짜식아, 답장을 받아와야지. 다음부턴 제대로 하라구. 흠, 그 절뚝
발이 천사가 반지를 받긴 받았단 말이지? 흐흐, 그럼 일단 됐어."

백곰은 둔중한 몸집과는 달리 재빠른 동작으로 건물 뒤쪽으로 사라
져 버렸다. 유쾌한 휘파람 소리가 흘러왔다.

조선국 경기도 선감도라

여름빛이 짙어지면서 산비탈 밭에서는 보리가 익어가고 있었다. 낮에는 뻐꾸기가 아련하게 울고, 밤이면 숲속에서 소쩍새가 구슬피 울었다.

그 즈음 마을의 어느 집에 굿이 있었다. 용운은 다시 백곰 반장의 비밀스런 지시를 받고 삐에로와 함께 마을로 나갔다. 삐에로는 굿 음식 얻어오기, 용운은 하얀 옷을 입은 절름발이 누나에게 쪽지를 전하는 것이 주어진 임무였다.

"얌마, 꼭 희망적인 답장을 받아와야 해. 알았지? 이건 지상명령이다!"

떠나기 전 백곰은 용운을 한 구석으로 불러 지시했던 것이다.

"혹시 안 주면 어떡해요?"

"너 정신상태가 글러먹었군. 얌마, 하면 된다! 안 되면 되게 하라! 신성하고 위대한 이 혁명 구호도 몰라? 무슨 수를 쓰든 꼭 답장을 들고 와야만 해. 만약 빈손으로 왔다가는 바다 속에 처넣어 버릴 거야. 알았지?"

"예!"

용운은 마지못해 대답했다. 그의 위압적이고 징그러운 미소가 보기 싫어 용운은 고개를 숙였다.

"어서 가 봐."

"그 누나가 정말 싫다고 하면 어찌해요?"

"염려 붙들어 매고 된다고 구호를 외치면서 정신무장을 단단히 하란 말이야. 허허, 내가 어젯밤에 상당히 감미로운 꿈을 꾸었으니 걱정 마라, 허허. 처남 빨리 출동하라구! 예쁜 누나한테 말이야."

백곰 반장의 유들유들한 말을 뒤로 하고 용운은 기다리던 삐에로를 향해 뛰어갔다.

여름 볕은 따가웠지만 그 속에 따스함도 간직하고 있었다. 수용소의 억압으로부터 벗어나 잠시나마 해방감을 느낄 수 있는 그 순간이 용운에게는 너무 소중했다. 생기를 띠고 자라나는 들판의 벼와 푸른 산빛을 용운은 눈부신 듯 바라보았다.

"구름아, 반장이 뭐라구 했어?"

삐에로의 물음에 용운은 정신이 들었다.

"특급비밀이라면서 아무한테도 말하지 말래."

"그래? 그럼 난 머릿속으로 그게 뭘지 상상해 봐야지. 마치 영화라고 생각하구서 쭉 생각해 보면⋯ 현재뿐만 아니라 구름이 네가 모를 미래까지도 대강 알 수 있거든."

"형아, 어떻게 되는데? 답장을 받을 수 있을까?"

"헤헤, 특급비밀이 뭔지 알았다. 그럼 이제 가만히 있어 봐. 영화 필름을 한번 돌려 볼게."

삐에로는 눈을 슬며시 감은 채로 계속 걸었다. 용운은 그의 얼굴을 유심히 쳐다보았다.

"음⋯ 카사블랑카의 눈에 어린 눈물이 보인다⋯. 잉그리드 버그만은 이럴 수도 저럴 수도 없는 비련의 여인⋯. 험프리 보가트는 떠나라고 말하지만 사실은 자기 품에 남기를 바란다⋯. 에~ 그러나 여기는 할리우드가 아니라 선감도이기 때문에 백곰은 결국 아름다운 인어를 잡게 된다. 아! 슬픈 눈물방울이 진주처럼 두 뺨에 굴러 내리네⋯."

삐에로가 변사 흉내를 내어 억양을 이리저리 바꾸며 읊조렸다.

"안 돼. 착하고 고운 누나가, 아니 인어가 백곰 같은 흉한 놈에게 잡혀서는 안 돼."

용운은 저도 모르게 울상을 지으며 중얼거렸다. 삐에로가 눈을 슬그머니 뜨면서 우스꽝스러운 표정을 지었다. 마을이 가까워지자 꽹과리와 피리 소리가 들려왔다. 음률도 제대로 맞지 않고 또 빈약한 소리였지만, 마을 자체가 워낙 작고 고적해서인지 잔치 기분이 물씬 났다. 삐에로의 뒤를 따라가던 용운은 우선 산기슭의 그 누나 집부터 가 보려다가 일단 굿 장단이 들려오는 집으로 들어갔다. 작은 마을에서 그나마 가장 번듯한 그 집의 대문 앞에는 이미 낯익은 다른 방의 원생들이 먼저 와서 눈을 번들거리고 있었다.

푸르스름한 하늘 아래 멍석을 깐 마당에서는 한창 굿이 벌어지고 있었다. 굿상 중앙에는 삶은 돼지머리가 놓였고 그 둘레에 생쌀을 수북이 담은 그릇, 시루떡, 인절미, 그리고 배, 사과, 참외 등이 즐비했다. 상머리 위에 붉고 희고 노란 삼색 종이꽃이 꽂혔고 향로에는 향연이 피어오르고 있었다. 나지막이 울리던 꽹과리 소리가 점점 고조되었다. 늙은 무당은 비손을 한 채 먼 허공을 우두망찰 올려다보고 있더니 사설을 읊조리기 시작했다.

에헤야~ 해동 조선국 경기도 선감도라

해신님 굿받아 은관자 옥관자 쓰고 오시네

산은 몇 넘으셨나 물은 몇 건느셨나

에~ 오소사 오소사~ 산신님 해신님 오소사

정성 즐겨이 받으시고 잔마다 명과 복을 실어서

자손들이 크게 되고 부자 되게 도와주소사….

늙은 무당은 잠시 멍하니 서 있더니 상 앞에서 방울과 구리칼을 집어 들고 발딱 일어나 번들거리는 눈빛으로 춤을 추기 시작했다. 전혀 다른 사람처럼 변한 듯 펄떡펄떡 뛰고 돌며 팔을 쳐들어 흔들면서 괴성을 질렀다. 한 자락 귀곡성이 흘러 뒷산의 메아리로 흩어졌다. 한 순간, 무당의 눈이 간짓대 아래 놓인 작두로 향했다. 무당은 입술을 모아 긴 휘파람을 불고 나서 간짓대를 잡곤 시퍼런 작두날 위에 한 발을 올려놓았다. 무당의 마른 발이 작두날을 딛고 올라선 순간 구경꾼들의 긴장된 비명이 고요를 찢었다. 작두날이 금방이라도 발꿈치를 썩둑 베고 솟아오를 것만 같았다. 늙은 무당은 작두 위에서 춤추며 야릇한 목소리로 넋두리를 뇌었다. 둘러선 구경꾼들은 두 손을 모으고 비볐다. 방울소리가 절정을 이루다가 잦아들었다. 늙은 무당의 이마와 눈에 땀과 눈물이 번지레했다.

용운은 슬쩍 한쪽으로 갔다. 박꽃 누나는 감나무 아래 놓인 대나무 평상에 걸터앉아 있었다. 용운은 망설였다. 긴 머리칼 아래로 드러난 백옥 같은 목과 저고리 동정 사이로 언뜻 보이는 하얀 속살이 눈부셨다.

용운은 눈을 껌뻑거리며 한숨을 폭 내쉬며 손에 쥔 쪽지를 만지작거렸다. 백곰을 생각하면 전해 주지 말고 찢어 버리고 싶었다. 그러나 그의 은근하면서도 강력한 폭력이 떠올랐다. 그동안 백곰은 겉으로는 슬슬 웃으면서도 결정적일 때에는 폭력으로 원생들을 휘어잡아 왔다. 그러나 무엇보다도 쪽지를 찢어 버리는 것 역시 도둑질과 비슷하다는 생각이 들어 망설여졌다. 일단은 전달을 해야 했다. 지금으로서는 백곰의 속셈뿐만 아니라 누나의 진심도 분명히 알 수 없다. 본인이 읽어보고 나서 직접 결정을 하면 될 일이었다. 다만 허황된 말에 속지 말고 좋은 선택을 하길 바랄 뿐이었다.

용운은 주춤주춤 감나무 쪽으로 다가갔다. 박꽃 누나의 흰 이마엔 땀이 송알송알 돋아나 있었다.

"너 왔니? 요즘 어떻게 지내니?"

그녀가 알아보고 용운의 손을 끌어 평상에 앉혔다. 그리고 까까머리를 쓰다듬어 주었다. 지난번처럼 품에 안아주진 않았다. 용운은 쭈뼛거리다가 백곰 반장의 쪽지를 살짝 앞으로 내밀면서 주위 사람들이 듣지 못하게 속삭였다.

"우리 반장님이 줬어요. 답장을 꼭 받아 오래요."

"안됐지만 지금은 그럴 수가 없구나. 사실대로 그렇게 말하면 아무 일 없을 거야. 그러니 걱정 마. 너 배고프지?"

그녀는 일어서더니 절뚝절뚝 부엌 쪽으로 걸어가더니 종이에 싼 인절미를 한 움큼 들고 나왔다. 그 절뚝이는 걸음걸이를 보고 있자 용운은 마음이 짠해졌다.

'누나는 저런 몸으로도 나를 위해 주고… 사랑해 주는데… 난 뭐야? 멍청이처럼 그저 바라보기만 할 뿐.'

그런 생각이 들었다.

"어서 먹어."

용운은 떡을 두어 개 집어 감나무 뒤편으로 가서는 감꽃을 줍는 척하면서 얼른 씹어 삼켰다. 그의 눈에 물기가 어리더니 한 방울 두 방울 감꽃 위로 떨어져 내렸다. 용운은 옷소매로 눈가를 쓱 문지른 뒤 평상 앞으로 갔다. 그러고는 말없이 종이 위의 떡을 주머니 속에 집어넣은 다음 절을 꾸벅하곤 누나가 대꾸할 사이도 없이 곧장 집밖으로 뛰어나갔다. 꽹과리와 장구 소리가 아련히 들려왔다. 용운은 들길을 걸으면서 종이에 싼 인절미를 꺼내 음미하듯 씹어 먹었다. 박꽃 누나의 하얀 미소가 떠올랐다. 떡을 쌌던 낡은 잡지 쪼가리에는 희미하게 바랜 글자들이 가득 차 있었다.

'이 종이쪽지가… 누나가 내게 주는 연애편지라면 얼마나 좋을까? 그 창백한 손으로 내게만 주려고 쓴 것이라면… 한 글자 한 글자 내 심장에 눈물처럼 새겨 넣을 텐데.'

용운은 스스로 부끄러운지 쓴웃음을 지었다.

서둘러 선감학원으로 가보니 뜻밖의 일이 벌어지고 있었다. 수많은 원생들이 멀찍이 둘러서서 구경하는 가운데 '푸른 하늘의 악마'로 소문난 일심사 사장의 격분한 목소리가 들려왔다.

"이 쌍새끼야! 아무리 꺼벙하기로 할 일과 못할 일을 구별도 못하냐? 이 쌍놈 새끼!"

"선새임, 잘못했떠요! 이제 더, 덩말 안 그럴께요!"

일심사의 바보 판길이다. 최 사장이 굵직한 몽둥이로 그를 사정없이 후려패는 중이었다.

"저 녀석 왜 저러냐?"

용운이 한 원생에게 물었다.

"마을 집에 들어가서 굿 지낼 음식을 훔쳐먹었나 봐."

"뭐?"

용운은 마구 매타작을 당하는 판길이를 바라보며 착잡하게 대꾸했다. 대번에 보통 일이 아님을 느낄 수 있었다. 하기야 판길이가 마을 집에 들어가 음식을 훔쳐먹은 게 어제 오늘의 일은 아니었다. 낮이면 염전이나 농사 일로 거의 비어 있다시피 하는 마을 집을 드나들며 부엌을 뒤지다가 몇 번 들키기도 했다. 그러나 피해가 크지 않아 그냥 넘어간 적도 있었다. 그런데 이번에는 된통 걸린 모양이다. 다른 것도 아니고 며칠 전부터 어렵게 준비해 온 굿 음식이 아닌가? 마침 굿 준비를 위해 일찍 들어온 주인이 판길을 현장에서 잡았고, 화가 머리끝까지 나서 이장과 함께 선감원으로 찾아와 항의를 했던 것이었다.

얼마나 고통스럽고 다급했던지 판길은 식당의 배수구 구멍으로 자꾸 머리를 쑤셔 박았다. 매질을 피해 그 속으로라도 들어가려는 것 같았다. 그러나 푸른 하늘의 악마는 매질을 조금도 늦추지 않았다. 아주 뿌리를 뽑으려 하고 있었다. 판길은 마구 괴성을 지르며 유리창을 들이받았다. 머리에서 피가 흘러내렸다.

그러자 푸른 하늘의 악마는 옆에 붙어선 꼬붕을 향해 느긋하게 말했다.

"얼씨구! 병신 새끼가 지랄하고 자빠지네. 얘, 정말 불쌍해서 못 봐주겠지? 하하, 짜식. 약 좀 발라 주게 주방에 가서 소금 한 주먹 집어 와라. 빨리 가서 가져와!"

소금을 가져오자 그는 한 손으로 판길의 목덜미를 누르고 피가 흐르는 상처 위에 슬슬 뿌리며 말했다.

"어이구, 얼마나 아플꼬? 자, 치료해 줄 테니 조금만 참거라."

판길은 피범벅이 된 머리를 움켜잡고 울부짖으며 땅바닥을 뒹굴기 시작했다. 그 이후에도 한 동안 빈정대던 그는 손에 묻은 소금을 털고는 태연하게 본관 건물 쪽으로 사라졌다.

다음날 아침 판길이가 운동장에 피를 뚝뚝 흘리면서 탈출했다는 소문이 들렸다. 그리고 며칠 후, 이슬비가 추적추적 내리던 날 방파제 부근에서 그의 시체를 건져냈다는 소식이 들렸다. 이곳에서 탈출은 목숨을 바꾸는 것과 똑같았다.

어느 날은 탈출을 하다가 거의 시체가 되어 바닷물에 떠밀려 온 사람도 있었다. 인공호흡을 한 끝에 미미한 불씨처럼 가물거리던 그의 목숨이 극적으로 되살아났다. 탈출에는 실패했어도 죽음을 체험한 셈이었다. 하긴 성공하는 사람도 간혹 있었다. 탈출의 성공 여부를 확실히 알 수 있는 근거는 누구든 도중에 죽으면 시체가 물에 밀려 어김없이 되돌아온다는 사실이었다. 조수 간만의 변화에 따라 멀리까지 밀려가는 경우도 있지만, 어쨌든 시체는 반드시 발견되었다. 따라서 탈출의 성공 여부는 며칠 정도만 지나면 알게 되었다.

판길의 죽음은 원생들 간에 적잖은 동요를 일으켰다. 아무리 개판이더라도 어느 정도 견디게끔 해주는 게 원칙 아니냐는 거였다. 한 시간

수상한 선감학원과 삐에로의 눈물

도 못 가 배가 꺼지는 보리밥에 시래깃국 한 그릇이 말이나 되느냐고 했다. 어린애 배도 채우지 못할 양으로 한참 자라나는 몸이 어떻게 견딜 수 있겠느냐며, 이번에 단합하여 처우 개선을 강력히 요구하는 게 어떠냐고 떠들었다.

"말 나온 김에 한번 엎어 버릴까?"

원생들은 모이기만 하면 그 문제로 쑥덕거렸다.

"글쎄, 그런다고 누가 우리 말을 들으려고나 하겠어? 더 심해지지나 않으면 다행이지."

"물론 그럴 수도 있겠지. 명색이 국립 수용소인데 호락호락할 리가 있겠어? 하지만 소문에 의하면 누가 우리 몫을 떼먹는 게 확실하다는 거야. 우리 힘으로 증거를 잡기는 어렵지만, 정부에서 직접 조사해 보면 틀림없이 뭔가 나온다구. 만약 그렇다면 그놈들도 뒤가 구린 이상 우릴 함부로는 못하겠지."

그런 의견들이 한동안 은밀하게 오고 갔다. 그러나 그건 어디까지나 쑥덕공론에 불과했다. 쉬쉬하며 말들만 오갔지 구체적으로 어떻게 하자는 계획은 좀처럼 나올 줄 몰랐다. 무엇보다 신분상의 약점도 그렇고 괜히 잘못 나섰다가 어떤 화를 당할지 두려웠을 터였다.

그러던 중 자칫 흐지부지될 뻔했던 그 일에 본격적으로 불을 댕기는 사건이 일어났다. 그건 각심사의 어린 원생에 의해서였다. 들어온 지 얼마 안 되는 그 아이가 어느 날 배고픔에 못 이겨 밭에서 밀을 따 급하게 비벼 먹다가 끈적끈적해진 덩어리와 까끄라기가 목에 걸려 어이없이 급사하고 만 것이다. 판길이에 이어 그 아이가 가마니에 둘둘 말려 공동묘지로 떠나는 걸 보면서 원생들은 하나가 되지 않을 수 없었다. 누군가 슬픈 곡조로 노래를 불렀다.

가네 가네 나는 가네
구름같이 태어나 바람처럼 가누나
북망산이 어드메뇨 건너산이 북망일세
어이 넘차 어허야.

목소리가 차츰 하나 둘 합쳐지더니 메아리가 되어 울렸다.

일은 빠르게 진행되었다. 각 사동 간에 은밀한 모의가 오가더니 드디어 실행 날짜까지 잡혔다. 그날 아침 식당에 도착하는 대로 원생들은 각자 밥과 국을 타 들고 원장 관사 앞의 넓은 마당에 모였다. 줄을 맞춰 선 모습이야 전과 다를 게 없었지만 감도는 분위기는 이전 같지 않았다. 식당 앞에서 위압을 가하는 노란 완장도 보이지 않았지만 대열을 흩트리거나 잡담을 하는 사람은 아무도 없었다.

"행동 개시!"

앞쪽에 선 누군가가 큰 소리로 외쳤다. 그러자 원생들은 도착한 순서대로 들고 온 식기들을 마당 앞에 쌓기 시작했다. 쿰쿰한 곤쟁이젓 냄새가 코를 찔렀다. 관사 쪽에서 선생들이 달려왔다.

　　　　　　　　　　　　　수상한 선감학원과 삐에로의 눈물

"뭐냐? 너희들 지금 뭣하는 거야?"

주임 선생이 인상을 사납게 구기며 물었지만 누구 하나 대꾸하는 사람이 없었다. 그저 순서대로 식기를 올려놓고 약속이나 한 듯 길바닥에 줄지어 앉을 뿐이었다. 마당에는 곧 식기들이 쌓이면서 거대한 은회색 무덤이 만들어졌고, 그 모습은 원생들의 항변에 무게를 더해 주고 있었다. 행동을 끝내고 모두 길바닥에 앉자 주임 선생이 다시 앞으로 나섰다.

"야, 너희들 대체 왜 그래? 말을 해 봐!"

그러나 모두 잠잠했다. 아무도 선뜻 나서지 않는 건 선생들 눈에 첫 표적이 된다는 사실이 두려워서였을까? 그러나 그렇지만은 않은 모습이었다. 분노가 공포감을 떨쳐내는 과정이랄까.

"이거 봐! 할 말이 있으면 차근차근 지휘 계통을 밟아서 하든지 해야지 무조건 이러면 되겠어?"

그 말이 끝나기도 전에 대열 속에서 누군가가 외쳤다.

"어서 원장이나 나오라구 하세요!"

불의의 사태를 당한 주임 선생은 잠시 입을 벌리고 멍하게 서 있더니, 권위 유지를 해야겠다 싶었는지 악을 썼다.

"그건 어디서 배운 말버릇이야? 너희들 모두 각자의 신분을 잊었나? 너희들은 각종 범법을 저질러 민심을 어지럽히고, 나아가 국가의 발전을 저해하며 인간의 존엄한 권위까지 실추시킨 부랑자들이다. 따라서 국법에 의해 보호조치에 처해진 신세들이야. 요구사항이니 뭐니 따질 신분도 위치도 아니란 말이다! 그런데 반성은 못할망정 지금 혁명정부의 법 앞에 감히 도전하겠다는 거냐?"

권력이 막강하다 해도 1천여 명의 원생들 앞에서 그렇게 호통을 친다는 건 보통 배짱이 아닐 수 없었다. 그러자 대열 앞쪽에서 원생 하나가 일어섰다. 아까 소리를 지른 그 원생 같았다. 키가 훌쩍한 게 스무 살이 가까워 보였다. 용운은 그를 자세히 살펴보았다. 그는 바로 선감도로 오는 배 위에서 소란을 피운 그 노랑머리였다.

"예, 수감 중이라는 건 저희들도 압니다. 그러나···."

"소속부터 대라!"

"예, 각심사 3반 박호근입니다."

"말해 봐!"

"보호조치 중이라는 건 이미 잘 알고 있기 때문에 저희들이 뭘 어떻게 하겠다는 것이 아닙니다. 다만 우리는 원장님의 확실한 해명을 들었으면 하는 것뿐입니다."

"뭘?"

주임 선생은 음침한 미소를 지었다.

"예. 아시겠습니다만, 얼마 전 한 원생이 지독하게 매를 얻어맞은 나머지 탈출하다 죽었습니다. 이 문제를 어떻게 생각하시는지 알고 싶습니다."

"그럼 우리가 탈출하라고 시켰단 말이냐?"

"그게 아니라 사장님의 매질이 너무 가혹했다고 생각하지 않습니까?"

"하지만 그 원생은 그만한 죄를 범했어. 신성한 남의 집 음식을 훔치고 우리 선감학원의 얼굴에 먹칠을 했단 말야. 더구나 그 원생은 아주 상습적이어서 주의와 경고를 받은 게 한두 번이 아니었어. 체벌이 가혹하니 어떠니 따지기 전에 먼저 규율을 어기지 않으면 될 일 아닌가? 규율을 잘 따르는데도 손찌검하는 선생이 있거든 어디 말해 봐!"

"저희들도 답답합니다. 과연 그 원생은 왜 혹독한 체벌을 받으면서까지 남의 부엌을 뒤졌겠습니까? 그리고 며칠 전에는 각심사의 원생 하나가 밀을 씹어 먹다 죽었는데, 대체 왜 밀을 먹었겠습니까?"

"너희들의 식사량이 다소 부족한 건 안다. 그러나 재정이 그것뿐이기도 하지만, 그건 전국의 모든 수용소와 동일한 양이기도 하다."

"서울의 소년원에선 이 정도로 배를 곯진 않았어요! 삼시 세끼 곤쟁이젓, 정말 미치겠어요!"

다른 원생이 소리를 질렀다. 그러자 여기저기서 "옳소!" 하는 호응이 터져 나왔다.

"조용히들 해! 나라에서 하는 일을 거짓이라고 우길 셈이냐? 너희들은 부랑자라는 사실을 명심하라구."

그러자 또 다른 원생이 못 참겠다는 듯 벌떡 일어섰다.

"아까도 우리를 보고 나라 발전을 저해하는 부랑아들이라 뭘 요구할 자격도 없다고 하셨는데, 도대체 그 부랑아란 말뜻이 어떤 건지 가르쳐 주십시오."

"몰라서 묻는 거냐? 한 마디로 일정한 주소도 직업도 없이 떠돌아다니는 애들을 말한다."

"그렇다면 말이죠, 저희들은 부랑아가 되고 싶어서 됐겠습니까? 대부분 이 전쟁 통에 부모를 잃었거나 내버려진 애들 아닙니까? 더군다나 멀쩡히 부모가 살아 있고 가정이 있는 경우도 많은 걸로 알고 있습니다. 그 애들은 억지 단속에 걸려 끌려왔다고 해요. 그것만 해도 억울한데 무슨 큰 죄인이나 되는 것처럼 취급한다는 건 이해가 안 됩니다!"

주임 선생은 헛기침을 한 번 했다.

"하긴 6·25 전쟁이 없었더라면 너희들은 고아 신세가 되어 떠돌다가 여기 들어와 있지 않았을지도 모른다. 물론 나라의 법이 너희들 개개인의 사정을 일일이 참작하지 못한다는 건 유감이다. 하지만 그렇다고 해서 멀쩡한 몸으로 떼 지어 다니며 문전걸식이나 패싸움이나 도둑질을 하는 건 분명 국가 차원의 범죄야. 때문에 혁명정부는 너희들에게 갱생의 기회도 줄 겸 건설적인 나라를 만들기 위해 일정기간 보호한다는 것이다."

그러자 갑자기 심상찮은 소란이 인다 싶더니 곧 폭탄 같은 항변이 사방에서 터져 나오기 시작했다.

"집어쳐라! 찢어진 대가리에 소금을 뿌리는 게 보호하는 거야?"

"우리 집, 부모 형제 곁으로 돌려보내 다오!"

한번 일기 시작한 불길은 걷잡을 수 없는 아우성으로 변했다. 앉아 있던 원생들은 여기저기 일어섰다. 분위기가 긴박하게 변하고 있었다.

수상한 선감학원과 삐에로의 눈물

"그 위대한 혁명정부에 연락해서 감사 한번 받아봅시다!"

이런 요구도 들고 나왔다.

그러나 주임선생은 털끝만큼도 자세를 흐트리지 않았다. 그는 굳은 표정으로 눈알에 힘을 주고 반란자들을 주시하고 있었다.

노랑머리 사내가 목청을 돋워 말했다.

"요점을 정리해 주십시오! 갱생과 자립을 위해 그러는 것이니 우리는 주면 주는 대로 먹고 때리면 때리는 대로 맞아라 이 말씀이십니까?"

"건방지다. 지금 누구 앞에서 공갈이야?"

"우린 그저 확답이 듣고 싶을 뿐입니다."

"흠, 앞으로 너희의 태도를 보아 체벌 문제는 좀 생각해 보겠다. 그러나 아까도 말했듯이 이 문제는 그리 간단한 일이 아니야. 워낙 많은 인원이기도 하지만, 모든 예산은 위에서 결정돼 내려오기 때문이다."

원생들은 끝내 감정을 폭발시키고야 말았다.

"관사에 쳐들어가 선생들도 이렇게 먹고 사나 확인해 보자!"

당황한 선생들이 질려서 허둥대는 가운데 수많은 식기들이 음식물을 흩뿌리며 허공에 난무했고, 온갖 욕설이 메아리쳤다. 원장이 부원장과 함께 나타난 건 그때였다. 벌겋게 상기된 얼굴로 달려온 원장은 주임 선생의 귀엣말에 고개를 끄덕이고 나서 앞으로 나섰다.

"아, 조용조용히 해! 모두 앉아서 얘기하자구!"

그러나 격분한 원생들의 쿠데타는 누그러들 기미를 보이지 않았다. 참다못한 원장이 버럭 소리치며 허리춤에 찬 권총집을 만지작거렸다.

그의 충혈된 눈은 불을 뿜고 있었다. 원장의 위협은 확실히 효과가 있었다.

"하고 싶은 얘기가 뭐야? 누구 한 사람 일어나서 얘기해 봐!"

소란이 좀 잦아들자 원장이 따지듯 물었다. 노랑머리가 다시 나섰다.

"다름이 아니라, 저희들의 하루 급식 정량이 얼마인지 알고 싶습니다."

"흐흠! 그러니까 밥이 좀 적다 이거야?"

"네. 그리고 허구헌 날 꽁보리밥 아니면 강냉이밥에 반찬은 혓바닥이 질려 버릴 정도로 짜디짠 곤쟁이젓만 계속 나옵니다."

"이놈들! 따지고 싶은 게 있으면 지휘 계통을 밟아야지, 이게 무슨 난리 통이야? 이 자식들을 그냥…. 너희들은 밥이고 뭐고 함부로 투정할 게 못 돼. 지금 나라 지키느라 애쓰는 혁명 군인들도 너희보다 낫지는 않아. 그게 바로 지금 우리나라 현실이야. 우리는 풍요로운 미래를 향해 허리를 졸라매고 뛰어야 한다구. 또 그렇게 먹는 것부터가 배고픔을 이기는 훈련이기도 한 거구 말이야."

"혁명 군인들한테 일 년 열두 달 소금국만 주지는 않을 거라고 생각합니다."

원장이 황급히 두 팔을 휘저었다.

"아, 조용조용히! 모두 주목하라! 이러다가는 하루 종일 해도 끝이 안 나겠어. 그러니 다른 원생들은 그 자리에 대기하고 각 반 반장들만 대표로 나와라."

그 얼굴엔 기름기가 번들거리고 있었다. 반장들이 앞으로 나가자 원장은 눈앞의 잔디밭으로 그들을 데리고 갔다.

대화는 쉽게 끝나지 않았다. 둥그렇게 둘러앉아 나누기 시작한 대화는 여름 태양이 중천을 지날 때까지도 계속되었다. 지치고 배고픈 나머지 꾸벅꾸벅 조는 원생들이 늘어났다. 이윽고 땡볕 아래서 회의를 끝낸 원장이 성큼성큼 걸어왔다.

"주목해라! 모두 알다시피 여기는 고립된 섬이다. 그러니 무작정 왈가왈부하며 앉아만 있을 게 아니라 개선할 것은 차차 개선하기로 하고, 우리한테 주어진 임무는 완수하면서 더 나은 결과를 기다리는 게 좋을 것 같다."

뒤따라온 노랑머리가 원생들을 대표해서 한 마디 했다.

"여러분, 원장님의 말씀을 일단 한번 믿어 봅시다. 그러나 만일 오늘의 약속이 헛말로 끝난다면 그땐 다시 일어나 결사적으로 싸웁시다!"

원생들은 찬성의 뜻으로 박수를 쳤다. 원장과 선생들은 관사로 들어가고 원생들은 뙤약볕 밑을 걸어 식당으로 들어가 꽁보리밥과 짜디짠 곤쟁이젓으로 허기를 달랬다.

용운은 젓가락을 든 채 우울한 표정으로 식판 위의 곤쟁이젓을 바라보았다. 매일 억지로라도 먹어야 하다 보니 이젠 거부감도 시나브로 삭고 삭아 자신의 몸같이 느껴지기도 하는 곤쟁이. 새우를 닮았으나 새우보다 작고 가냘파 보이는 희미한 생물. 한때는 고향이었던 푸른 바다 속을 유영하며 자유를 호흡했겠지만, 지금은 잡혀 와서 거무칙칙

한 소금에 절여져 검은 눈알만 점점이 남기고 삭아가며 자신의 근원도
모른다.

"마치 나하고 같은 신세구나."

용운은 중얼거리며 한숨을 쉬었다. 선감원의 여름날은 지루하게 흘
러갔다. 평온을 되찾은 일상은 쳇바퀴처럼 돌았다. 선생들은 곧 좋은
날이 온다며, 기다림의 미학을 기회 있을 때마다 되풀이했다. 날이 지
날수록 원생들은 그 위대했던 쿠데타의 기억을 잊고 쳇바퀴 속의 한
마리의 다람쥐로 변해 갔다.

그런데 언제부터인가 노랑머리의 모습을 어디서도 볼 수가 없었다.

수상한 선감학원과 삐에로의 눈물

서울에서 온 소녀

8월이 되자 특별한 피서객들이 선감도로 왔다. 서울에서 학교에 다니다가 방학을 맞아 절해고도의 풍경을 찾아온 그들은, 원장이나 선생들의 아들딸들이었다. 영양실조로 인해 마른버짐이 피고 잔뜩 억눌려 침울해 뵈는 원생들의 얼굴과는 달리, 육지에서 온 아이들은 통통하게 살이 찌고 생기발랄한 모습이었다. 우중충한 회색 옷에 검정 고무신을 신은 원생들은 크레파스 통 속에서 마음에 드는 색은 무엇이든 골라 제 꿈을 채색할 수 있는 그들의 자유를 부러운 눈으로 쳐다보았다.

서울 아이들은 원생들을 두려워하거나 멸시하지는 않았다. 자기들의 부모가 기르는 가축인 양 호기심을 보이고 때로는 동정의 눈길을 던지기도 했다. 처음에는 좀 꺼림칙하게 생각하다가도 말을 걸어 왔고, 그러다가 느낌이 통하면 서로 어울려 놀기도 했다. 서울에서 사 온 과자는 입속에서 살살 녹았다. 원생들은 서울 아이들에게 답례로 팽이를 깎아 주기도 하고 매미나 개구리를 잡아 즐겁게 해주었다. 선생이나 사장들은 불상사가 일어나지 않도록 훈시를 내리고 단속을 철저히 하긴 했지만, 서로 마음이 통해 어울려 노는 것까지 막진 않았다. 오히려 어떤 면에서는 자녀들의 교육 기회로 활용하려는 낌새도 보였다. 함께 갯벌로 나가 세발낙지나 물고기를 잡게 배려하기도 하고, 푸른 물결이 찰랑이는 바닷가에서 수영을 가르쳐 보라고 시키기도 했다.

그런 기회는 물론 아무에게나 주어지지 않았다. 그 중 행실이 바르고 착실할 뿐만 아니라 자녀들과 나이가 비슷한 어린 원생에 한했다. 열다섯이 넘는 원생들은 함께 어울리지 못했고 멀찍이 서서 지켜보며 불상사에 대비해 관찰만 하도록 했다. 한창 물오른 소년 소녀들이 초록빛 바다를 배경으로 물장구치며 뛰노는 모습은 나이든 감시자들에겐 그야말로 한 폭 그림 속의 떡이었다.

작열하는 태양 빛 아래 맨살을 드러낸 그들은 모두가 똑같은 인간이었다. 용운은 수영도 서툴거니와 숫기가 적어서 그 속에 끼지 않으려고 했다. 하지만 그동안 안면을 트고 통성명을 한 서울 손님 양돼지 녀석이 자꾸 불러대는 바람에 마지못해 나갔다. 모래밭에 반사된 햇볕은 눈이 부셔서 아플 지경이었다. 용운이 제대로 수영을 배우지는 않았다. 겨우 개구리헤엄 정도 흉내낼 뿐이다. 그래서 양돼지와 함께 뒹굴

수상한 선감학원과 삐에로의 눈물

면서 노는 게 전부였다. 사장 왕거미가 모래사장에서 지켜보고 있었다.

문득 하늘을 보는데 연보랏빛 수영복을 입은 한 소녀가 눈에 띄었다. 단발머리를 한 그 소녀의 하얀 목덜미와 등허리가 햇빛보다 더 눈부셔서 용운은 몇 번이고 자맥질을 했다. 소녀는 용운과 눈이 마주치자 해맑게 한번 웃더니 깊은 바다 쪽으로 헤엄쳐 가기 시작했다. 마치 수영 실력을 자랑이라도 하려는 것 같았다. 소녀는 슬쩍 고개를 돌리더니 또 미소를 지으며 따라오라고 손짓하는 것이었다. 용운이 멍하니 바라보고만 있자 소녀의 미소는 갑자기 물속으로 가라앉아 버리고 한쪽 손만 다급히 흔들어댔다. 용운은 장난인지 사실인지 몰라 지켜보았다. 그러나 손마저 수면 아래로 사라지는 것을 보고는 죽을 둥 살 둥 모르고 헤엄쳐 그쪽으로 갔다.

짧은 순간 소녀의 얼굴이 사라져 버린 그 시퍼런 바다가 공포감을 불러일으켰지만, 죽을힘을 다해 헤엄쳐서 다가갔다. 얼마 전까지만 해도 두려워하던 바다가 차라리 안락했다. 죽음이 무섭지 않으니 더 이상 겁나는 게 없었다. 소녀를 구해야겠다는 생각뿐이었다. 그것은 어쩌면 죽었는지 살았는지 모를 엄마를 찾고 싶은 마음인지도 모른다.

그때 갑자기 뒤쪽에서 호호호 하고 웃음소리가 났다. 곧 이어 부드러운 팔이 목을 휘감았다.

"놀랐니?"

"그럼 안 놀라겠니?"

"내가 정말로 죽은 줄 알았니?"

"뭐… 혹시 장난일지도 모른다고 생각하긴 했어."

"그럼 왜 이리루 왔니?"

"아깐 알았는데 모르겠어. 지금은. 계속 헤엄쳐서 저 바다를 넘어가고 싶어."

"나하구 함께 갈까?"

소녀는 용운의 귓가에 입을 대고 속삭이며 매끄러운 두 다리로 용운의 아랫도리를 휘감아 조였다. 그때였다. 해변가 쪽에서 호각소리가 날카롭게 삑삑 울리더니 이어 왕거미 사장의 거친 목소리가 들려왔다.

"돌아와! 어서 이리 돌아오란 말이야! 죽으려고 환장한 거야, 응?"

용운은 깜짝 놀라 정신을 차렸다. 왕거미 사장에게 한번 찍히면 뼈도 못 추리고 그 시간부터 선감도가 바로 지옥으로 변하며, 쥐도 새도 모르게 사라지게 된다는 소문을 들어 알고 있었다. 용운은 먼 바다 쪽을 한번 돌아다본 후 소녀의 팔을 끼고 해변 쪽으로 헤엄치기 시작했다.

"빨리 가자!"

"수평선 저 너머엔 무엇이 있을까?"

소녀가 할딱이며 귓가에서 소곤거렸다. 용운도 할딱이며 대답했다.

"자… 유…."

대꾸하다가 용운은 바닷물을 한 모금 들이켜곤 캑캑거렸다.

"호호, 오색 무지개 빛깔의 문이 열린 파라다이스가 있을 듯도 해. 우리 같이 가볼래?"

"안 돼! 이젠 어서 돌아가야 해. 넌 서울로 돌아가면 행복한 무지개가 뜬 집이 있잖아. 어서 가자!"

"흥!"

소녀는 샐쭉해지더니 어조가 좀 변했다.

"뭐가 무서워서 그러니, 응? 죽음? 난 때로는 죽고 싶은걸."

"너가 왜?"

용운이 묻는 사이 바닷물이 입으로 들이쳤다.

"흥! 아빤 여기서 폼을 재고 있지만 우리 집안 꼴은 아주 우스워. 아마 사실을 알면 지금처럼 저러진 못할걸. 호호….”

소녀는 용운을 따라 헤엄을 치면서 종알거렸다.

"왜 그런데?"

"흥! 우리 엄만 아빠한테 맞아 죽었고, 지금 새엄마 년은 뒤루 호박씨 까면서 살살 놀러 다니고 있어. 그런데두 아빤 자기가 잘하는 줄 착각하고 폼이나 재구 있어. 아빠가 우리 엄마에게 프로포즈할 때 엄마가 거절하자 권총을 빼들고 위협했대."

소녀는 미간을 찌푸리더니 덧붙였다.

"정말 비겁하지 않니? 남자로서 얼마나 자신이 없으면 그랬을까?"

"니네 아빠가 누군데?"

"히히, 몰랐니? 여기 원장님이시랜다. 호호호….”

용운의 팔에서 힘이 빠졌다. 더 앞으로 나가고 싶지 않은 표정이었다. 왕거미 사장이 허리에 두 손을 얹은 채 용운을 잔뜩 노려보고 있었다. 심한 질책과 폭행을 당할 줄 알았던 용운은 왕거미 사장이 의외로 아무 말도 하지 않고 오히려 미소까지 지어서 속으로 안도의 한숨을 내쉬었다. 왕거미 사장의 눈은 소녀의 허연 허벅지와 미끈한 다리를 흘끔흘끔 훔쳐보며 번들거렸다.

"다음에 또 봐."

소녀가 장밋빛이 섞인 푸르스름한 입술로 생긋 웃으며 말했다.

"응."

용운은 작은 소리로 대답했다. 그러나 그 소리는 왕거미의 눈에 의해 위축되어서 소녀의 하얀 귀에까지는 가 닿지 못한 듯했다. 소녀는 단발머리를 흔들며 걸어가 버렸다. 그녀의 매끈한 종아리에 박꽃 누나의 절뚝거리는 여윈 다리가 겹쳐졌다. 용운은 소녀와 헤어져 학원 쪽으로 걸어갔다.

'누구에게나 겉으로 보이지 않는 괴로움이 있는가 보구나. 아마 그 소녀를 다시 볼 수는 없겠지.'

용운은 입속으로 중얼거렸다. '다음에 또 봐.' 하던 기약 없는 말소리만 귓가에서 떠돌았다.

고참들의 얘기를 들어 보면 6·25 전쟁 후엔 뒤쪽의 건물에 소녀들도 수용되었다고 했다. 바캉스를 즐기러 온 귀한 소녀들과 달리 그 지푸라기 같은 소녀들은 왕거미 같은 자의 거미줄에 얽매여 파르르 떨었을 것 같았다. 더 오랜 옛날엔 일본놈들이 지었다는 이곳 선감원에서 얼마나 많은 부랑아로 낙인이 찍힌 소년 소녀들이 개돼지보다 못한 취급을 받았을지 몰랐다. 그들의 원한에 사무친 비명과 신음 소리가 세월을 건너 들려오는 듯했다. 눈을 들었을 때 하늘에는 핏빛 노을이 번지고 있었다. 석양빛을 받은 바다는 잔잔하게 출렁이며 아름다운 세계로 오라고 손짓하는 듯했다. 용운의 눈망울에 한 방울 눈물이 맺혔다.

'엄마, 지금 어디 계세요? 품속에 안겨야 할 어린 새가 우는 소리 들리지 않으세요? 할딱이는 이 가슴에 새겨진 피멍이 보이지 않으세요? 오늘도 긴 하루가 저물어요. 밤 같은 절망이네요. 엄마, 어딘가에 계시다면 큰 소리로 저를 한번만 불러봐 주세요. 그 소리 파도 따라 이곳까지 들릴 것도 같네요….'

침묵의 시간이 흘렀다. 하늘가의 노을은 점점 짙어지더니 차츰 청회색으로 물들며 스러지고 있었다.

"울지 마라, 아가야. 고통스런 밤을 지새우고 나면 무섭던 상처도 아물고 아무도 모르게 새살이 돋는단다. 오늘의 짐에 억눌려 찌그러지지 말고 더 나은 내일을 꿈꾸거라."

"아, 엄마…."

멀리서 들려오는 파도소리를 귀 기울여 듣던 용운은 마른 입술을 달싹이며 불렀다. 엄마가 들려준 그 침묵 속의 목소리는 용운이 자기 자신에게 들려주는 목소리이기도 했다.

목마른 사슴

혹독한 생활 속에서도 시간은 느릿느릿 흘러갔다. 서울에서 온 소녀는 그 후 다시 볼 수 없었다. 고운 목소리만 귀에 쟁쟁 맴돌았다.

'다음에 또 봐.'

용운의 내면에서는 두 가지 생각이 갈등을 일으키고 있었다. 당장 이 지옥 같은 곳에서 탈출해야 한다는 욕구와, 좀 더 좋은 기회를 기다려 보자는 마음이 서로 싸웠다. 마치 두 장의 색다른 풍경이 그려진 카드가 마음속에서 교차하는 듯했다. 상상 속의 고운 엄마와 현실의 박꽃 누나가 겹쳐져 혼란을 일으키기도 했다.

어쨌든 지옥을 탈출한다는 사실엔 변함이 없었다. 그렇게 생각하자 그곳에서 얼마 동안 더 머문다는 것도 별로 무섭게 여겨지지 않았다.

수상한 선감학원과 삐에로의 눈물

오히려 이곳의 잔혹한 실상을 좀 더 혹독히 겪어 보고 싶기도 했다. 그래야 탈출한 후에 제대로 진상을 고발할 수 있을 터였지만, 좀 엉뚱한 다른 이유도 있었다. 아예 된장이나 고추장처럼 그 지옥에서 푹 썩어 발효되면 한층 깊은 사람의 맛을 내게 될지도 모른다는 생각이었다.

'모든 것은 다 값어치가 있다! 행복의 깊이는 자신이 진실로 감수해 내는 고통에 정비례한다고 했어.'

심호흡을 하며 홀로 중얼거렸다. 물론 그런 우스꽝스런 공상은 각박한 하루하루의 일상에 묻혀 곧 사라져 버렸다. 바깥세상이 어떻게 돌아가는지는 모르지만, 이른바 '쓰레기'로 지목되어 쓸려온 청소년들은 날이 갈수록 점점 늘어났다. 용운이 처음 왔을 당시 1천여 명쯤 되던 원생의 수는 더욱 더 늘어났다.

그 중엔 부랑아라고 말할 수 없는 아이들도 섞여 있었다. 멀쩡한 집안의 아이나, 구두닦이 또는 신문팔이를 하다가 졸지에 잡혀 온 경우였다. 불우한 가정환경에서 태어난 게 죄일 뿐 어떻게든 살아 보려고 하는 뜻은 강했던 그 애들은 선감원에 살면서 낙심과 절망에 빠져 차츰 진짜 부랑아가 되는 경우도 적지 않았다. 이 지옥은 도대체 누가 만든 걸까? 용운은 누명을 쓰고 잡혀 와서 너무 억울했지만, 다른 원생들의 별별 어이없는 경우를 들어 보고는 스스로 마음을 다독거렸다.

'나도 불행하지만 훨씬 더 불행한 애들도 있구나. 무슨 짓을 당하더라도 여기서 좌절해선 안 돼.'

그 무렵 어떤 국제적인 행사가 서울에서 열렸는데, 지저분한 몰골로

구두통을 메고 거리를 어슬렁거리는 꼴이 혹여 외국인의 눈에 빈곤의 상징으로 보일까봐 걱정한 정부 당국자들이 그런 조치를 취했다는 얘기도 들렸다. 치안국장이 "대문을 열어두고 살아도 될 정도로 도둑과 거렁뱅이들의 씨를 말리겠다"라고 호언장담한 후로 할당량을 정해 마구 잡아들였다는 소문도 들렸다.

선감원 측에서는 원생이 늘면 자연히 국가보조금이 증액되므로 이를테면 풍년을 맞이한 셈이었다. 쓰레기 같은 인간 말종이라며 그렇게 욕을 퍼붓고 족쳐대는 원생들이지만, 만일 그들이 줄어든다면 원장과 선생들도 존재 가치가 반감될 터이었다. 그러기에 그곳의 지배자들은 겉으로는 험상궂게 인상을 쓰면서도 원생들이 늘어날수록 어딘지 모르게 활기를 띠었다. 그러나 원생수가 늘어난 만큼 탈출 빈도 또한 높아지는 건 당연한 일이었다. 그간의 탈출사건 중 기억에 남는 건 어린 꼬마 사건이었다.

여덟 살짜리 꼬마가 용케 수용소를 빠져나갔는데, 바다를 절반도 못 건너고 그만 허우적거려야 했던 것이다. 다행히 새벽녘이었던 터라 어느 부지런한 어부에 의해 건져지긴 했다. 하지만 수색을 나갔던 팀이 어부에게서 꼬마를 인계받았을 때는 복어처럼 불룩한 배를 하고 뻗어 있었다. 그런데 용운이 혹시나 하고 다급히 인공호흡을 시도한 끝에 불씨처럼 가물거리던 그 목숨이 극적으로 되살아났다. 그 꼬마는 탈출은 실패했어도 용운 덕에 기적으로 목숨을 건질 수 있었다. 무엇이 그 꼬마로 하여금 무모한 시도를 하게끔 했던 걸까?

수상한 선감학원과 삐에로의 눈물

용운이 잠잠하게 참고 있었던 것은 탈출에 대한 의욕이 꺾여서가 아니었다. 실패하면 끝장일지 모른다는 중압감에 그만큼 신중할 수밖에 없었던 것이다. 빨리 나서야 한다고 다짐했지만 더 완벽한 여건을 마련하기 위해서는 참아야 했다. 탈출에 대한 욕망은 잠재의식 속에서 용암처럼 요동치고 있었다.

선감도에도 계절의 흐름은 어김없었다. 가을이 오고 있었다. 단풍이 절정을 이루면서 산비탈 논밭에는 나락이 영글고, 고추잠자리가 자유의 천사인 양 날아다녔으며, 밤이면 당산 숲에서 피를 토하듯 두견새가 울었다. 용운은 가슴속으로 울다가 잠들곤 했다.

그 즈음 용운의 반은 소금 운반 작업으로 매일을 보내고 있었다. 사장의 지시로 네 명이 한 조가 되어서 창고에 쌓아둔 소금가마를 방파제 너머로 운반했다. 그곳에는 세 척의 소금배가 대기하고 있었는데, 그중에는 5톤 정도 되는 소형배도 한 척 섞여 있었다. 아마 개인적으로 온 소금 도매상의 배인 것 같았다. 조원들이 소금가마를 들고 그 소형 배에 막 다가서는 순간, 선주가 선판의 뚜껑을 열고 안에서 기름통을 꺼내는 게 보였다. 그곳은 도구를 넣어두는 창고 같았다. 돌연 용운은 긴장하지 않을 수 없었다. 언뜻 보아 사람 하나 정도는 충분히 엎드릴 수 있을 만한 공간이었다.

'그래! 저 안에 숨어들 수만 있다면 그보다 더 확실한 방법이 어디 있을까. 얼마 되지 않는 육지까지 운행하면서 도중에 선주가 창고를 열어 봐야 할 일은 아마도 생기지 않으리라. 들키지 않고 육지에만 닿게 된다면 자유의 몸이 되는 것이다! 혹시 선주에게 붙잡힌다 해도 사정해 볼 수 있을지도 모른다. 선주 역시 다시 이곳으로 데려와야 하는 수고는 하지 않으려 할 테니까.'

생각이 거기까지 미치자 또다시 가슴이 뛰기 시작했다. 그러나 그것은 희망사항일 뿐이었다. 계속되는 선적 작업으로 빈틈이 없는 배의 상황, 조 편성에 따른 개인행동의 제약, 작업 종료 후에 필수적으로 할 인원 파악…. 이런 것들을 생각하면 희망을 이룰 가능성은 거의 없었다. 그럼에도 미련은 용운의 머릿속에 달라붙어 떨어질 줄을 몰랐다. 모르는 사이 손바닥에 땀이 배어났다. 선적 작업이 끝날 무렵 사업계장과 선주들이 한데 모여 얘기를 주고받았다. 그러더니 계산상 어떤 문제가 생겼는지 모두들 끝에 있는 첫 번째 배로 향하는 게 아닌가. 그야말로 주위에 원생들만 없다면 절호의 기회가 되는 셈이었다. 조원 중 가장 고참인 조장이 사업계장의 뒤에 대고 외쳤다.

"저, 우리들은 어떡할까요?"

사업계장은 고개만 잠깐 돌리더니 수월하게 말했다.

"됐어, 네가 그대로 인솔해!"

그 순간 용운은 목숨을 건 결정을 내려야 할 때임을 느꼈다. 그는 숙사로 향하는 척하다가 슬그머니 일행의 뒤로 처졌다. 마을 중간쯤에 이르렀을 때 용운은 잽싸게 샛골목으로 빠져 들어갔다. 물론 지금 방파제로 간다고 해서 그 절호의 기회가 계속 있을 거라는 보장은 없었다. 만약 배가 떠나 버렸다면 다시 일행을 쫓아가 오줌을 누고 왔다고 핑계를 댈 참이었다. 아무튼 포기를 하더라도 눈으로 한번 확인해 봐야만 미련이 안 남을 것 같았다.

골목을 타고 되돌아온 용운은 마른 수초 덤불에 몸을 숨기고 방파제 너머로 눈길을 던졌다. 천만 다행히도 그들은 아직 첫 번째 배에 머물러 얘기를 나누는 중이었다. 이쪽으로 등을 돌린 채 한 사람은 연거푸 소금가마를 세고 있었다. 용운은 크게 한숨을 들이쉬었다. 그리고는 번개처럼 빠르게 방파제를 넘어가 소형 배 안으로 뛰어들었다. 창고 안은 좁고 캄캄했다. 각종 공구들이 쌓여 온몸에 배겨들었다. 피가 마르는 시간이 더디게 흘렀다. 용운은 연신 방망이질치는 가슴을 누르며 수용소와의 무사한 결별을 하늘에 빌고 또 빌었다.

이윽고 다른 두 척의 배에서 시동을 거는 소리가 사이를 두고 들려왔다. 그 배들이 긴 소음을 남기며 멀어질 때까지도 어쩐 일인지 용운이 숨어든 배의 주인은 돌아올 줄을 몰랐다. 어디선가 늑장을 부리던 배 주인이 돌아온 것은, 혹시 배가 이대로 정박하는 건 아닐까 하는 두려움이 왈칵 일었을 때였다. 갑판을 쿵쿵 울리는 발소리를 들으며 용운은 숨을 죽였다. 그런데 용운의 계산과 달리 배 주인은 갑자기 무슨 일인지 창고의 문을 덜컥 들어올렸다.

"으앗!"

배 주인은 기겁을 하며 엉덩방아를 찧었다. 용운은 급히 두 손부터 비벼댔다.

"아, 아저씨… 제발 용서해 주세요. 제발 아무에게도 이르지 마세요."

"넌 뭐냐? 귀신이냐?"

배 주인이 얼빠진 표정으로 바라보았다. 그러면서도 어딘지 짓궂은 기색이 엿보였다.

"혹시 바깥에 우, 우리 선생님 있나요?"

"좀 전에 갔다."

"죄, 죄송합니다. 아저씨… 그렇지만 제 얘기 좀 들어 주세요."

"뭔데?"

"아저씨, 저 오래 전에 헤어진 엄마를 찾아야 돼요. 빨리 육지로 나가서 찾지 않으면 못 만날지도 몰라요. 그래서 여기 숨어든 거예요. 아저씨, 제발 저 좀 데리고 나가 주세요!"

"허, 그것 참!"

배 주인은 난처한 듯 입맛을 다셨다.

"야, 나도 여길 몇 년째 드나든다만, 부모랑 헤어진 애가 어디 너뿐이냐? 그리고 네 엄마가 어디 있는지 잘 안다면 모를까, 무작정 데리고 나가라면 어쩌라는 거냐, 응?"

용운은 예감이 불길하다 싶어 그의 손목을 힘껏 잡아 쥐었다.

"아저씨, 염려 마세요. 전 정말 찾을 수 있어요!"

다시 한번 입맛을 다시던 배 주인은 아무래도 안 되겠다 생각했는지 정색을 하고 말했다.

"야, 그럼 이렇게 하자. 난 지금 이장님 댁에 맡겨둔 후래쉬를 찾아와야 되니까 그동안 잘 생각해 봐. 그러고도 결심을 못 바꾸겠다면 할 수 없는 일이고."

"예? 정말… 이장님한테 가시는 건가요?"

"걱정하지 마라. 너한테 조금이라도 도움이 되게 하지 짓궂게는 안 할 테니까."

배 주인은 의미심장한 말을 남기고 배에서 내려갔다. 용운은 도무지 불안해서 견딜 수가 없었다. 슬그머니 배에서 내려와 방파제의 경사면에 엎드려 마을 쪽을 살폈다.

마을로 들어간 배 주인이 길에 다시 나타난 건 그리 오래지 않아서였다.

"앗!"

가슴이 철렁 내려앉았다. 염려했던 대로 배 주인은 혼자가 아니었다. 왕거미 사장과 원생들이 그의 뒤를 따르고 있었다. 용운은 숨을 몰아쉬었다. 뒤쪽은 바다, 둘러봐도 숨을 곳은 없었다. 다만 방파제를 따라 달려서 왼편 수수밭 쪽으로 도망가는 길뿐이었다. 방파제를 올라서는 순간 그들에게 노출될 것은 뻔했다.

용운은 아무것도 생각할 겨를이 없었다. 도망가 봤자 좁은 섬 안에서 어디로 갈 것인지, 어디서 무엇을 어쩌겠다는 건지 따질 경황이 아니었다. 오직 잡히면 죽을 거라는 한 가지 생각뿐이었다. 그는 후다닥 방파제 위로 뛰어올라 수십 미터 떨어진 밭을 향해 필사적으로 내달았다. 멀리 떨어진 거리였음에도 왕거미 사장의 명령하는 소리가 바람을 타고 또렷이 들려왔다.

"어서 잡아 와!"

검은 옷을 입은 원생들이 저승사자들처럼 쫓아왔다. 용운이 방파제를 따라 마을을 끼고 돈 다음 막 수수밭으로 들어서려는데, 그들은 벌써 서너 발짝 뒤까지 따라 오고 있었다. 순간 눈앞에 큰 똥구덩이가 나타났다. 마을의 공동 거름 구덩이였다. 용운은 다급한 나머지 앞뒤 생각도 않고 그 속으로 뛰어들었다. 수렁처럼 질척한 똥구덩이 속으로 빨려드는 순간, 어느새 다가온 사장이 오만상을 찌푸렸다.

"죽여 버릴 테다! 빨리 기어 나와!"

용운은 겨우 고립무원의 처지를 깨달았는지 고개를 세게 흔들며 중얼거렸다.

"선생님, 잘못했어요."

"글쎄, 빨리 나오란 말야, 게 같은 새끼야! 옆으로 가는 게 같은 새끼!"

아이들이 소리 죽여 키득거렸다.

"선생님, 다시는 안 그럴게요. 한번만 봐주세요."

용운은 애원하고 있었다.

"안 나오겠다 이거냐? 좋아, 어디 누가 이기나 보자!"

사장은 원생에게 굵은 새끼줄을 구해 오도록 지시했다. 잠시 후 그는 새끼줄을 받아 그 끝을 올가미처럼 엮었다. 그러곤 용운의 머리통을 향해 조준하더니 휙 던졌다. 올가미가 용운의 목에 걸렸다. 그는 힘껏 잡아당겼다. 용운은 로프를 목에 건 채 개처럼 끌려 나가야 했다. 원생들은 코를 쥐고 외면하며 투덜거렸다.

"새끼, 하필 거기야."

"냄새 죽이는군."

그들의 따가운 눈총을 받으며 끌려간 용운은 마당 한끝에 벌거벗은 몸으로 세워졌다. 사장의 명령에 따라 원생들이 쉬지 않고 물을 끼얹었다. 수십 번 물벼락을 맞으며 씻고 씻어도 냄새는 가시지 않았다. 속속들이 파고들어가 몸 안에 배어 버린 것 같았다. 용운의 발 앞에는 물이 가득 담긴 커다란 통이 놓여 있었다. 사장이 원생들을 둘러보며 말했다.

"잘 들어라. 여기 끝까지 사람대접 받기를 마다하는 놈이 있다. 따라서 지금부터 소원대로 개돼지 취급을 해줄까 한다. 너희들은 간혹 체벌이 가혹하니 어쩌니 하지만, 이쯤 되면 너희들도 할 말이 없을 거다."

그러더니 사장은 용운을 향해 명령했다.

"무릎 꿇어!"

용운은 시키는 대로 물통 앞에 꿇어앉았다. 사장의 입에서 두 번째 명령이 무겁게 떨어졌다.

"얼굴 담가!"

용운이 불안스런 눈으로 그를 바라보자 사장은 잠시의 여유도 두지 않고 구둣발로 가슴을 걷어찼다. 숨통이 탁 막히면서 정신이 아뜩해졌다. 사장은 숨을 고를 여유조차 주지 않고 계속 다그쳤다.

"한 번 더 말한다. 얼굴 담가!"

우박처럼 쏟아지는 매를 피해 용운은 허겁지겁 기어가서 통 위로 얼굴을 들이댔다. 멈칫거리자 사장이 달려들어 목을 밟았다. 대번에 몇 모금의 물이 연거푸 코와 입을 통해 폐로 들어가면서 숨이 막히는 엄청난 고통이 시작되었다. 용운은 양손을 땅에 버티고 온 힘을 다해 고개를 빼들었다.

"어, 이게 대가리를 빼?"

사장이 다시 발길질과 몽둥이질을 닥치는 대로 퍼부었다.

"이 새끼, 똥물에도 뛰어든 새끼가 왜 갑자기 물을 겁내냐, 엉?"

이를 악문 사장은 뒤로 물러나는 용운을 직접 끌어다 물속에 쑤셔 박고 무릎으로 찍어눌렀다. 용운은 팔로 버티며 필사의 안간힘을 썼지만 허사였다.

용운은 그대로 녹초가 되어 짚단처럼 널브러졌다.

2부

공동묘지, 대문 밖이 저승일세

어디로든 갈 수 있는 육지에서와 달리 바다에 완전히 둘러싸인 섬, 수용소의 시간은 화살처럼 직선적으로 날아가는 것이 아니라, 둥글게 돌고 돌며 나이테처럼 쌓여가는 것 같았다. 별로 변화가 없는 똑같은 일상이 반복되다 보니 시간이 정지되어 있는 것 같았다. 하루가 한 달 같고, 한 계절의 흐름이 때로는 한 해처럼 여겨졌다.

용운의 머릿속에는 문득 넝마주이를 할 때 보았던 한 여인의 방이 떠올랐다.

그 지하 골방에서는 벽에 걸렸거나 탁자 위에 놓인 수십 개의 시계가 째깍째깍, 딸깍딸깍 저마다 색다른 소리를 내며 돌아가고 있었다. 그런데 모양이 제각기 다른 그 시계들의 시침과 분침과 초침은 전혀 다른 시간을 가리키고 있었다. 그 수많은 시간 속에서 여인은 홀로 술잔을 기울이며 자기만의 몽상에 잠겨 살았다.

"시간은 없어. 다만 여기 내가 이 순간 존재한다고."

어둑한 방구석에서는 찌직찌직 잡음이 심한 레코드판이 돌며 이상스런 곡조를 흘려내고 있었다. 그 시계들에 매달아 놓은 꼬리표에는 각각 선물 받은 날짜와 어떤 추억 따위가 적혀 있었다.

용운은 그 방에서 나오는 술병이나 잡지책, 그리고 부서진 시계 따위를 주워 오기 위해 가끔 들렀었는데 고장 난 시계를 내버릴 때면 그녀는 어떤 소중했던 시간을 영원히 잃어버린 듯이 울상을 짓곤 했다.

사실 시간과 상관없이 수용소의 생활은 고통의 연속이었다. 하기야 그런 와중에도 어떤 아이들은 방앗간에서 햅쌀을 훔쳐내 세숫대야에다 밥을 지어서는 기름기가 자르르 흐르는 것을 꿀꺽꿀꺽 삼키기도 하고, 개구리나 뱀을 잡아서 구워 먹기도 했다. 무엇보다 배가 고파서 그랬지만, 그런 일탈행위를 통해 지루하게 반복되는 일상의 시간을 벗어나는 즐거움을 느끼기도 했다. 그러다 보면 시간은 시냇물처럼 자연스럽게 흘렀고 그 속에서는 시간 감각이 사라져 버렸다. 하지만 아찔하면서도 짜릿한 그 찰나가 지나고 나면 한없이 무거운 시간의 굴레가 다가오고 있었다.

용운으로서는 시간을 잠시도 잊을 수가 없었다. 악랄한 선감원 측이 작업시간을 몇 십 분씩 조작하고 휴식·식사·수면 시간을 빼앗기도 했지만 꼭 그것 때문만은 아니었다. 아직도 선감도를 탈출해야겠다는 목표를 잊지 않고 있었다. 한 번의 탈출 실패는 용운에게 포기보다 오히려 더 선명하고 구체적으로 이 곳을 떠나야한다는 결심을 하게 만들었다. 고향에도 가 보고 싶고, 엄마도 찾아야 했다. 그것이 이 시간을 견디는 이유였다. 용운에게 살아가는 뚜렷하고 확실한 목표가 된 것이다. 그러려면 세월의 흐름 속에서도 나태해지지 않아야 했고, 가장 완벽한 시기를 기다려야 했다. 그리고 더 중요한 것이 있다. 용운은 세월이 흐르면서 자신이 성장하는 것을 알고 있었다. 동시에 정신을 제대로 차리지 않으면 자신이 원하는 사람이 아닌 인생을 살 수도 있다는 것을, 주위 사람들을 보면서 배울 수 있었다.

누군가로부터 억울한 일을 당한 원생들은 그 악독한 누군가를 원망하고 욕하다가 자기도 모르는 새 그보다 더 형편없는 사람이 되는 경우가 많았다. 용운은 그래서는 안 된다고 생각했다. 나쁜 물이 어디서 어떻게 배어들지 몰라 시시각각 자신의 마음속을 살폈다. 사실 용운도 억울한 누명을 쓰고 선감도로 잡혀 온 셈이었다. 생각해 보면 지나가는 사람 누구라도 죽이고 싶도록 억울했다. 그러나 용운은 그런 자신을 타일렀다.

'아무리 억울해도 나는 개가 될 수 없다! 나는 그 누구보다 강해질 것이다. 그리고 이것을 견디면 훨씬 멋진 인간이 되어 있을 것이다.'

용운은 그렇게 다짐하곤 했다.

이른 새벽이었다. 난데없이 비상이 걸렸다. 부랴부랴 자리를 털고

수상한 선감학원과 삐에로의 눈물

일어나는 원생들 틈에서 백곰 반장의 투덜거림이 들려왔다.

"또 어느 놈이 토꼈나 보군."

"토끼려면 낮에 토끼든지 남 잠도 못 자게…."

단잠을 손해 본 원생들의 투덜거림이 용운의 귓속을 어지럽혔다. 곧 사장이 사감 선생과 두 명의 다른 일직 선생과 함께 나타났다. 사감 선생은 1반의 불침번에게 이것저것 빠르게 묻고 나서 수색 지역을 나누어 지시했다. 용운이 속한 3반은 마을과 공동묘지를 거쳐 당산까지였다.

"뛰어!"

왕거미 사장이 닦달하는 소리를 뒤로 들으며 원생들은 마을로 달려갔다. 부지런한 섬사람들은 벌써 일어나 새벽을 깨우고 있었다. 마을 집으로 가서 뒷간까지 일일이 들여다보았다. 마을에서는 아무런 낌새도 챌 수 없었다. 공동묘지 쪽으로 방향을 바꾸어 살피던 백곰 반장이 중얼거렸다.

"니미럴, 탈출을 막으려고 귀신 소문까지 만들어 퍼뜨리더니만, 쯧쯧…."

그러자 뒤따르던 누군가 맞장구를 쳤다.

"누가 아니래요. 그렇게 꼼수 써서 복도에 똥 싸는 놈만 생겼지 별 거 있어요?"

"말 그대로 전설 따라 삼천리 아니냐? 우리들 못 토끼게 하려고 헛소문 낸 거라구."

공동묘지는 마을 너머 야산에 있었다. 무덤들은 억새와 찔레덩굴 틈에서 을씨년스럽게 침묵하고 있었다. 봉분도 제대로 되어 있지 않고, 마지못해 엉성하게 다져놓은 둔덕들만이 죽은 아이들의 눈 뜬 잠을 대변해 주고 있을 뿐이었다. 누군가 무덤을 향해 한 마디 던졌다.

"아, 선배님들 안녕하쇼?"

뒤이어 또 누군가가 말했다.

"안녕하시므니까? 먼 옛날 쓰카다 다타노부 원장 때부터 여기 누워 계신 선배님들께서는 오랜 세월 얼마나 적적하셨스므니까?"

쓰카다 다타노부란 일제 식민지 때의 초대 원장을 말했다. 그 당시 선감원에 끌려온 소년들은, 전역한 군인과 경찰 등으로 이뤄진 교관들의 엄격한 통제 아래 강제노동에 동원되었다고 한다. 따라오지 못하는 소년들은 건물 아래 마련된 지하 감옥에 가두고 고문하거나 밥을 굶기는 등의 처벌을 내렸다. 대나무 끝을 뾰족하게 갈아 손톱 아래에 끼워 넣는 고문을 비롯해 심한 몰매와 배고픔, 도저히 참지 못해 탈출을 감행한 소년들은 절벽 아래로 뛰어 내리거나 갯벌을 향해 걷다가 서해의 강한 물결에 휩쓸려 목숨을 잃기 일쑤였다. 겨우 살아남은 원생들은 대동아전쟁 말기에 이르러서는 기본적인 군사훈련만 거쳐 전쟁터로 내몰렸다.

소년들을 감화시킨다는 목적에서 출발한 선감원은 실제로는 소년들의 조선 독립 의지를 말살시키고 나아가 전쟁의 소모품으로 이용하기 위한 시설이었다. 이러한 사각지대에서 탈출을 시도하다 죽거나 구타 또는 영양실조로 인해 죽은 경우, 굶주림을 참다못해 풀뿌리를 씹다가 독버섯류를 잘못 먹어 죽는 경우엔 그대로 섬의 한 구석 야산에 내팽개치듯 매장되었다.

한 원생이 구슬픈 노래를 뽑아냈다.

불쌍하고 가련쿠나
먹던 밥은 놓아두고 어디로 가시는가
빈손으로 왔다가 빈손으로 가는 인생
황천 길이 멀다 해도 쉬엄쉬엄 가소서

흰나비야 노랑나비 나와 같이 청산 가세
이팔청춘 소년들아 백발 보고 웃지 마오
저승길이 멀다더니 대문 밖이 저승일세.

애달픈 기분을 용운은 이해할 것 같았다. 아마도 내색하지는 않았지만 무덤을 바라보는 모두의 심정은 마찬가지일 터였다. 이 무덤 속의 주인공들은 누구일까? 과연 이들의 가족은 소중한 혈육이 이런 낯선 곳에 묻혀 있다는 사실을 알기나 할까? 자신의 생사를 가족에게 영원한 의문으로 남긴 채, 아무도 거들떠보지 않는 곳에 홀로 묻혀 있어야 한다는 건 얼마나 쓸쓸한 일인가!

그건 결코 남의 일이 아니었다. 바로 자기 자신의 일, 언제 겪게 될지 모를 모두의 일인 것이다. 어느 결에 모두의 동작에 힘이 빠져 있었다. 그냥 건성으로 주위를 살펴보며 공동묘지를 지나 당산으로 향하고 있을 뿐이었다. 아무래도 탈출자는 잡힐 것 같지 않았다. 결심한 이상 호락호락 잡힐 만큼 계산 없이 뛰쳐나갔으리라곤 생각되지 않았기 때문이었다. 어쩌면 지금쯤 바다를 건너 마산포에 접근하고 있는지도 모를 일이었다. 만약 그렇다면 탈출자는 어떤 방법으로 차가운 가을 바다를 건넌 것일까?

용운은 놀라운 설렘을 경험했다. 그것은 희망이었으며 뜨거운 불덩어리를 삼킨 듯 온몸에 차오르는 전율이었다. 한 사내아이의 탈출로 인한 충격 때문만은 아니었다. 중요한 건 삶에 대한 열정이라며 직접 보여 준 행동 때문이었다. 용운은 마음속으로 외쳤다.

'그렇다! 지금까지 나는 무엇을 하고 있었는가? 지난번에 배 속에 숨어들었던 건 너무 소극적이고, 또한 나의 의지력보다는 운에 맡긴 행위였다. 어째서 탈출의 모험을 미루고 있는가? 내가 남들과 다른 게 무엇인가? 내게도 머리가 있고 멀쩡한 손발이 있으며 온갖 고생 다 겪어 본 저력도 있지 않은가. 그래 나가자! 언제까지 남의 족쇄에 매여 절망하고 있을 수만은 없다. 이제부터 모든 경험과 머리를 동원해서 좀 더 적극적인 방법을 찾아보자! 하늘은 노력하는 사람 편이라는데 그가 찾아낸 방법을 나라고 못 찾으란 법은 없지 않은가?'

물론 좀전에 본 공동묘지가 마음에 걸리지 않는 건 아니었다. 익사자가 그렇게 많다는 것은 바꾸어 말하면 탈출에 성공한 사람도 그만큼 많다는 뜻일 것이다.

수상한 선감학원과 삐에로의 눈물

목각인형과 눈사람

　선감원은 사회로부터 외떨어져 깊은 바다의 섬에 건립된 하나의 특별한 왕국이었다. 원장은 그곳의 제왕과 같았다. 그는 군사정권의 뜻을 선감학원에서 실현해 보려고 광분하고 있었다. 거부하면 고통과 죽음이 따를 뿐이었다. 탈출이나 질병으로 인한 사망 등의 경우엔 그나마 공동묘지에 묻혔지만, 선생들의 폭행으로 인한 죽음이나 자살일 경우에는 허름한 가마니에 둘둘 말아 산골짝 으슥한 곳에 던져 버리는 것이 예사였다. 그렇게 죽어 나가는 원생들의 수가 많을 때는 하루에 네댓 명이나 될 때도 있었다.

　선감학원에서 쓰레기라고 욕하는 원생들의 탈출을 기를 쓰고 막는 것은 원생들이 재산 가치가 있기 때문이었다. 정부 지원금을 받아 착

복한다는 소문도 들렸다. 염전이나 양잠 등등 원생들의 피땀 어린 노동으로 벌어들이는 수익금은 무척 많은 것으로 알려져 있었다. 원생들이 배를 곯으며 일한 대가인 그 돈으로 원장은 서울에다 으리으리한 저택과 빌딩을 구입해 두었다는 얘기도 어디선가 새어나왔다.

가을에 어떤 소문이 퍼졌다.

백곰 반장과 절름발이 누나의 연애에 관한 일이었다. 용운은 그동안 틈틈이 쪽지를 전달해 주곤 했었지만 둘 사이에 무슨 일이 생기길 바라지는 않았다. 그 누나는 하얀 얼굴로 함초름하게 웃을 뿐 깊은 관심을 보이지는 않았던 것이다.

그런데 양잠반으로 차출되어 가 있던 삐에로가 마치 채플린처럼 눈의 흰자위를 드러내고 얄궂게 웃으며 얘기를 전했다.

"요즘 가을누에가 뽕잎을 아주 많이 먹거든. 그래서 애들 몇이 저녁에 뽕밭으로 갔던 거야. 맨 앞에 가던 방개 놈만 봤다는데 말야, 으슥한 뽕잎 속에서 두 청춘 남녀가 달콤하게 밀어를 속삭이고 손을 잡더니 입맞춤을 하더라는 거야. 그런 후에 허연 젖가슴을 봤다나, 허벅지를 봤다나… 아무튼 인기척을 느꼈는지 뒷산 쪽으로 줄행랑을 놓더래."

"그 방개란 애가 분명 허풍을 친 걸거야. 그 누나가 몸도 약한데 밤중에 거긴 뭐하러 갔겠어, 안 그래?"

"난 모르지 뭘. 아무튼 하얀 옷자락이 펄럭이는 걸 봤다니까. 안 땐 굴뚝에 연기가 나겠어?"

"형이 직접 본 건 아니잖아 뭐."

"나야 누에똥 치우느라 바빠서 그 멋진 러브 스토리의 일장면을 못 봤으니 억울하기도 하겠지."

"괜한 상상은 하지도 마. 아닌 밤중에 귀신을 봤다고 지어내는 애들인데 뭘 믿겠어."

용운은 애써 반론을 폈다. 박꽃 같은 누나의 이미지와 으슥한 뽕밭은 영 어울리지가 않았다. 하지만 용운의 머릿속엔 그녀의 하얀 목덜미와 젖가슴이 자꾸 떠올랐다. 억누르려 해도 소용이 없었다. 용운은 야릇한 상상을 떨쳐 버리려는 듯 고개를 세게 흔들었다. 사실이야 어찌됐든 그 뒤로 두 남녀의 로맨스에 대한 소문은 공상의 가지를 계속 치며 입에서 입으로 번져 나갔다.

그렇게 가을이 지나고 어느덧 겨울이 왔다.

백곰 반장은 몰라보게 달라져 있었다. 마치 벙어리라도 된 듯 아예 입을 봉해 버린 것이었다. 눈을 감고 벽에 기대어 뭔가를 골똘히 생각하거나, 혹은 밖에 나가 바다를 바라보며 멍하니 앉아 있기가 일쑤였다. 원생들을 지휘 감독해야 할 직책도 제대로 수행하지 않았다. 예전처럼 반원들에게 쌍욕을 하지도 않았고 구타도 하지 않았다. 다만 남에게 욕하는 자에게만 욕을 퍼붓고 남을 구타하는 자만 오달지게 때려 다시는 그러지 못하도록 했다.

왜 저렇게 이상해져 버렸을까? 용운은 그의 몰골을 보면서 한편으론 좀 마음이 아팠다. 왕거미 사장은 한동안 두고보다가 그에게서 반장직을 박탈해 버렸다. 대신 반장을 보좌하던 스라소니가 반장직을 승계했다.

겨울에는 공동작업이 별로 없었기 때문에 각자 직업보도부에 들어가서 한 가지 기술을 익혔다. 수용소 내에는 축산부, 목공부, 이용부, 양잠부, 체육부 등이 있었다.

용운은 목공부에 들어가 열심히 기술교육을 받았다. 희망의 단절로 인한 아픔을 잊기 위해서라도 그래야 할 필요가 있었다. 열심히 나무를 다듬고 나비장을 끼워 책상과 걸상을 조립했다. 큰 문짝도 만들었다. 날이 지나면서 담당선생도 용운에게 특별히 관심을 기울이기 시작했다.

"녀석, 보기보다 손끝이 매운걸?"

그러면서 그는 남보다 몇 배의 정성을 쏟아 가르쳤다. 실톱이나 애끌 같은 연장도 내주기를 꺼리지 않았다. 실습 시간 틈틈이 용운은 목각상 하나를 조각했다. 조그마한 엄마의 상반신 상이었다. 현실에서 엄마를 못 보는 대신 그 상징으로 삼아 분신처럼 지니고 다닐 생각이었다. 엄마의 실제 모습을 떠올리며 나름대로 정성을 다해 조각해 나갔다. 얼굴의 선은 갸름하게 잡았고 콧날은 뾰족하게 살렸다. 눈에 쌍꺼풀도 새겨넣었다. 우아한 표정에 미소를 머금도록 했다.

그렇게 엄마 모습에 몰두할 즈음 원생들 사이에서 불길한 소문이 떠돌기 시작했다. 백곰 반장이 조만간 딴 곳으로 옮겨진다는 것이었다.

전라도의 고하도 감화원으로 보내진다고도 했고, 군에 입대한다고도 했다. 어느 쪽이 됐건 이별이었다.

드디어 올 게 왔구나, 하고 용운은 생각했다. 그렇지 않아도 요즘 들어 어떤 어두운 예감이 마음 한구석에 걸려 오던 참이었다. 용운은 가슴속이 허전해지는 한편 왠지 시원해지는 것 같기도 했다. 누나의 박꽃 같은 얼굴이 떠오르면서 어떤 안도감과 희열이 솟구치기도 했다. 그것이 질투의 감정임을 깨달은 용운은 스스로 좀 놀랐다.

그러나 정작 당사자인 백곰 반장의 표정에는 그 어떤 변화도 일지 않았다. 언제나처럼 눈을 감고 벽에 기대 있거나 화단을 바라볼 뿐이었다.

목공실 벽면엔 작업대가 설치되어 있고 그 위에 끌, 망치, 톱, 대패 따위가 놓여 있었다. 목공실에 들어가면 향긋한 나무 내음이 콧속으로 스며들었다. 그 내음은 오래 전에 고향의 학교에서 향나무 연필을 깎으며 맡았던 것이었다. 작업대 바닥에 떨어지는 톱밥에서도 구수한 냄새가 났다. 그건 어쩌면 나무 냄새라고 하기보다 나무 속살 내음이라고 해야 될 듯했다. 나무의 속살이 점점 더 드러날수록 향긋한 내음은 한결 그윽하게 풍겼다.

나무 속살은 향긋한 내음을 가지고 있을 뿐 아니라 색깔도 너무 고왔다. 작업을 하고 있노라면 말할 수 없는 싱그러움이 느껴졌다. 사람이 죽으면 그 육체는 썩어서 고약한 냄새를 풍긴다. 그런데 나무는 죽어서 오히려 고상한 모습으로 살아나고 있었다. 나무는 그 죽음을 초월한 삶을 얘기하기 위해 얼마나 오랫동안 끈질기게 속 깊이 나이테를 아로새기며 살아온 걸까?

용운은 나무를 매만지면서, 자신도 나무의 심성을 닮아야 한다고 생각했다. 현재의 어떤 고통스런 일이나 죽음 같은 생활에 억눌려 누추하게 변질되지 말고, 오히려 그것을 극복하여 아름다운 미래를 개척할 수 있는 사람이 되어야 한다고 다짐했다.

며칠이 지난 뒤였다. 그날은 엄마의 조각상이 마무리되는 날이기도 했다. 어쭙잖은 솜씨였지만 사포질을 말끔히 하고 나니 그런 대로 엄마다워 보였다. 용운은 그것을 가지고 창가로 갔다. 잔뜩 흐린 하늘이 창살 사이로 내다보였다.

"아, 엄마는 어디서 무얼 하고 있을까?"

용운은 슬픈 눈으로 먼 산을 바라보며 중얼거렸다. 유리창에 김이 서렸다. 용운은 그 위에 '엄마'라고 써 보았다. 잠시 후 그것은 스르르 지워져 버렸다.

첫눈이 희끗희끗 내리기 시작했다. 센 바람이 불어오는지 눈송이들은 바라던 자리에 내려앉지 못하고 어딘가로 훌쩍 날려가곤 했다. 그때였다.

"야, 그게 뭐야? 이리 갖고 와봐."

그건 새로 반장이 된 스라소니의 목소리였다.

"아, 아무것도 아녜요."

"새꺄, 갖고 오라면 갖고 와!"

스라소니는 눈알을 부라렸다. 용운은 불안했지만 가져다 보여 줄 수밖에 없었다.

"새끼, 이런 걸 쓸데없이…."

"제발 이리 주세요."

"당장 갖다 버려!"

목상을 집어던지려던 스라소니가 갑자기 무슨 생각을 했는지 탁자에서 연필을 집어들었다. 그러고는 음흉스레 웃으며 목상의 앞부분에 가슴을 그려넣는 것이었다. 콩알만하게 젖꼭지도 그리고 겨드랑이께엔 검은 칠까지 했다. 용운은 피가 머리끝까지 솟구쳤다. 저도 모르게 입에서 욕설이 새어나왔다.

"개새끼!"

스라소니가 고개를 번쩍 쳐들었다. 눈에서 불똥이 일고 있었다.

"뭐? 너 지금 뭐라고 했어?"

그러면서 그는 목상을 힘껏 내던졌다. 목상이 관자놀이를 스치는 것과 동시에 용운은 바짝 다가섰다. 스라소니는 잔뜩 인상을 썼다.

"쌍놈의 새끼, 간뗑이가 부었구만!"

그는 용운의 멱살을 잡아 쥐고 구석으로 몰아붙였다. 원래 잔인한 성격인데다 평소부터 곱지 않게 보아오던 터고 보면 제대로 걸린 셈이었다.

"이 새끼, 뭐라고 했어? 다시 한번 말해 봐!"

스라소니가 주먹을 번쩍 치켜들었다. 그때였다. 언제 나타났는지 전혀 뜻밖에도 뒤에서 착 가라앉은 목소리가 무겁게 흘러나왔다.

"야, 됐다. 그만 놔둬."

그 목소리의 주인공은 백곰이었다.

"뭐라구? 웬 참견이야!"

스라소니가 놀란 채 말했다.

"많이 맞고 산 놈이니까 그냥 좀 놔두란 말야."

조용히 다시 한번 말했다. 체면을 손상당한 스라소니의 안면이 약간 씰룩거리는 듯했다.

불현듯 스라소니가 백곰의 턱을 향해 주먹을 휙 날렸다. 전광석화와 같았다. 백곰의 동작은 퍽 느려 보였다. 그런데도 어느 틈에 스라소니의 주먹을 피해 놓곤 히죽 웃고 있었다. 스라소니는 약이 바짝 올라 양주먹을 번갈아 휘둘렀으나, 단 한 점의 타격도 가하지 못하자 씨근벌떡거리며 백곰의 소매를 낚아채 잡곤 끌어당겨 면상을 향해 박치기를 날렸다.

하지만 그보다 1초쯤 빨리 백곰의 무릎이 그의 명치께를 쳐올리는 바람에 휘청거리며 뒤로 물러섰다. 이빨을 으드득 간 스라소니는 탁자 위에 놓여 있던 톱을 집어 들고 접근하며 휘둘러댔다. 날카로운 톱날이 백곰 앞의 허공을 가를 때마다 용운은 움찔움찔 몸을 떨었다. 백곰이 발길질을 몇 번 했으나 닿지 않았고, 그는 한 발짝 한 발짝 뒤로 물러서며 구석 쪽으로 몰렸다. 스라소니가 눈알을 희번득거리며 필사의 일격을 가하는 찰나였다. 용운은 자신의 눈을 믿을 수가 없었다. 그 좁은 공간에서 백곰은 탁자 모서리를 딛고 올라 곧장 공중으로 솟구치더니 한 발로 스라소니의 이마를 정통으로 걷어찼다.

뻗어 버린 스라소니는 한동안 시간이 흐른 후에야 신음을 뱉으며 일어났다.

"가봐."

백곰이 말했다.

"너 이 새끼. 오늘은 봐주겠어. 하지만, 나중에 어디 보자."

스라소니가 입 꼬리를 파르르 떨며 누구에게 하는지 모를 소리를 하곤 돌아갔다. 잠시 후였다.

"나도 그런 것 하나 만들어 줘."

백곰이 용운에게 말했다.

"네? 반장님 어머니를요?"

"아니, 마을 누나 있잖아."

"네? 그 누나를요?"

"그래. 이왕 만드는 김에 전신상을 만들어 주면 좋겠어. 가느다란 한쪽 다리도 보이도록 조각하고 말야."

용운은 아무런 대답도 못하고 멍하니 서 있었다. 백곰은 바닥에 떨어져 있던 목상을 집어 용운의 손에 쥐어 주고는 밖으로 나갔다.

다음날 새벽에 창문을 열자 바깥은 온통 눈 세상이었다.

아직도 눈송이가 조금씩 흩날리고 있었다. 산과 들은 물론이고 삭막하던 수용소 건물과 그 주위의 추악한 모든 것들이 순백의 눈에 덮여 아름다워 보였다. 하지만 그런 감상도 잠깐, 곧 모든 원생들은 바깥으로 불려나가 눈 치우기 작업을 해야 했다.

관사에서 키우는 개와 강아지들이 오히려 원생들보다 더 자유를 누리며 눈 세상을 신나게 뛰어다녔다. 개들은 이 좋은 날 왜 그런 멍청한 짓을 하느냐는 듯이 눈 치우는 원생들을 조롱하며 멍멍 짖어댔다.

그러나 수용소에 갇혀 인격을 반쯤 빼앗겨 버린 원생들이지만 결코 개들의 낭만에 지지 않았다. 어느 정도 제설작업을 마친 원생들은 각 사(舍)끼리 편을 지어 눈싸움을 시작했다. 때리는 놈도 좋아서 웃고 맞는 놈도 뭐가 좋은지 낄낄거렸다. 어떤 희한한 축제 같기도 했다.

그런가 하면 다른 한쪽에서는 원생들이 손을 합쳐 눈사람을 만들고 있었다. 경쟁 심리가 발동하여 누가 시키지 않는데도 부지런히 움직였다. 각 사에 소속된 원생들은 다른 팀보다 더 멋진 눈사람을 만들기 위해 저마다 온힘을 기울이고 있었다. 예전부터 내려오는 관례대로 원장 이하 선생들의 심사에 따라 우등상, 장려상, 감투상 따위를 획득한 반 원들은 그날 아침 특별히 푸짐한 밥이 주어졌다. 물론 국에도 건더기가 더 많았다.

운동장에 만들어 놓은 눈사람은 각양각색이었다. 눈뭉치를 3층으로 올린 외계인 같은 꼴도 있었고, 원형이 아니라 삼각형이나 사각형으로 만든 로봇 같은 것도 보였다. 반장의 지시가 없어도 그들은 스스로 창

의성을 발휘하여 그 어떤 형상을 건축하기 위해 일사불란하게 움직였다. 주먹코를 붙인 놈, 배꼽이 툭 튀어나온 놈, 심지어 다리를 단 놈도 있었다. 솔가지를 꺾어 와서 머리와 콧수염을 멋지게 기른 신사 눈사람을 만든 팀도 있었다. 그것이 눈길을 상당히 끌긴 했지만 옆에 선 요염하고 풍만한 여자 눈사람을 보다 보면 별것 아니라는 생각이 들기도 했다.

어디서 그런 발상들이 나왔을까? 억눌려 있던 내부의 소망이나 욕구들이 그런 야릇한 모습으로 표현되었을 수도 있었다. 아예 눈사람을 엎어놓고 등짝에 탱자나무 가시를 촘촘히 박아둔 고슴도치 같은 것도 있었다. 그런 부정적이거나 퇴영적인 기색이 보이는 눈사람은 삽을 치켜든 '처리조'에 의해 파괴되고 말았다.

"집합!"

그 소리에 의해 모든 원생들은 동작을 중지하고 운동장에 도열했다. 단상에 오른 원장이 말했다.

"여러분! 대단히 수고했습니다. 하지만 여러분 자신이 무슨 대단한 일을 했다고 생각한다면 그건 큰 착각입니다. 자, 이제 바야흐로 새날의 태양이 떠오르고 있군요. 저 태양은 아침부터 밤이 오기까지 아무런 대가도 바라지 않고 묵묵히 위대한 일을 실행하고 있습니다. 태양이 잠시도 쉬지 않고 실천의 행군을 하는 동안 세상의 어둠은 물러가고 모든 존재가 따뜻한 빛을 받습니다. 그것이 바로 위대한 우리 혁명의 정신이며 회피할 수 없는 사명인 것입니다. 여러분 또한 저 찬란한 아침 태양을 본받아 어둡고 게으른 여러분 자신의 내면을 혁명하는 계기가 되길 바랍니다!"

원장은 자신의 연설에 스스로 도취되어 입에서 침이 튀어나오는 것도 몰랐고, 원생들이 시린 발을 구르며 불평하는 것도 몰랐다. 싸구려 나일론으로 만든 양말을 신긴 했지만, 엄동설한 속에서 작업하다 보면 모르는 새 동상에 걸려 푸르딩딩한 발에서 진물을 흘렸다.

갱생이니 새 삶이니 떠들어대도 가만히 생각해 보면 오히려 서글픈 거지 시절이나 막돼먹은 고아원보다도 못한 지옥 같았다.

부서진 꿈, 징벌의 기둥

새봄이 왔다. 1년이 흘렀는지 2년이 흘렀는지 모를 지경이었다.

어떤 원생은 어린 얼굴에 주름살이 깊어져 몇 살쯤 더 먹어 보였고 어떤 원생은 눈에서 정기가 빠져 애늙은이 같았다. 다들 이 세상 사람 같지가 않은 몰골이었다.

그러나 용운은 좀 달랐다. 비록 살은 빠졌을지언정 두 눈이 그윽이 깊어지고 정기가 모여 별빛처럼 반짝거렸다. 거친 환경에 찌들어 얼굴색은 거칠고 어두웠으나 입가에는 굳은 의지(意志)의 빛이 감돌았다. 그 얼굴에 여드름이 돋고 수염이 거뭇거뭇 나기 시작했다. 사춘기에 접어드는 나이라 그런지 뒷산에 피어나는 진달래나 들녘의 아지랑이를 보노라면 마음이 싱숭생숭해지는 것도 사실이었다.

출렁이는 남빛 바다를 바라보는 그의 눈은 깊은 소망과 결의를 동시에 담고 있었다. 바다 너머 저 멀리 아스라이 보이는 마산포엔 꿈과 욕망의 세계로 들어가는 문이 열려 있지 않을까? 그곳을 지나 서울로 가면 자꾸만 희미해져 가는 꿈과 소망을 만날 수 있지 않을까? 그곳에 가기만 한다면 어떤 고생을 하더라도 견뎌내고 막노동이라도 하며 고학을 해볼 참이었다. 초등·중등·고등학교 과정의 검정고시가 있다는 얘기를 들었다. 여기서 고생하는 것을 생각한다면 무엇이든 못할까.

용운뿐만 아니라 수많은 원생들이 겨우내 억눌렸던 모종의 욕망을 어떤 식으로든 발산하리라는 걸 잘 아는 선감원 측은, 말 잘 듣는 원생들로 순찰대를 조직하여 철저한 통제를 가했다. 그들에게는 빨간 완장을 차게 하고 탈출자를 발견하면 부득이한 경우 죽여도 좋다는 밀명을 내렸다.

그런 힘든 나날 속에서도 용운은 하루하루 그곳의 생리를 터득해 가고 있었다. 선감도의 지형에도 점차 밝아졌다. 당산, 상삿골, 물비탈 등 세 개의 작은 산이 주축이 된 선감도의 둘레가 8킬로쯤 된다는 것을 알았고, 인근에는 털미, 불도, 탄도, 누에섬, 대부도 등등의 섬들이 늘어서 있다는 것도 알았다. 또한 이 섬은 경기만에 속하며, 마산포와의 거리는 강한 물살을 사이로 2킬로쯤 된다는 것도 알았다.

아직 꽃샘바람이 불고 있었다. 부쩍 용운의 머릿속이 복잡해졌다. 그러나 복잡한 만큼 문제 해결 방안은 쉽사리 떠오르지 않았다. 첫 번째 문제는 말할 것도 없이 무슨 수로 바다를 건너느냐 하는 것이었다.

수상한 선감학원과 삐에로의 눈물

바닷물은 하루에 어김없이 두 번 나가고 들어온다. 지금까지 경험에 의하면 경기만 해협은 조수 간만의 차가 심해 한번 물이 빠지면 개펄이 상당 부분 드러나는 게 사실이긴 했다. 그때는 마산포와 실제 물의 거리가 1백 미터 남짓하다고 했다. 하지만 물살 강한 그 1백 미터의 바다를 헤엄칠 수 있을 것인가? 익사자가 끊이지 않는 가장 큰 이유도 바로 그 1백 미터에 불과하다는 거리상의 유혹 때문이라고 했다. 그게 함정인 줄도 모르고, 잘만 하면 자유의 몸이 될 수도 있다는 착각에 너나없이 빠진다는 거였다.

두 번째는 시간의 한계였다. 목숨을 걸고 결행한다 해도 그랬다. 물 빠지는 시간에 맞춰 숙사를 빠져나갈 기회가 주어질 리도 없지만, 혹시 주어진다고 해도 마찬가지였다. 우선 해변까지 들키지 않고 무사히 도착해야 한다. 그런 다음 무릎까지 푹푹 빠지는 갯벌을 통과해야 하고 다시 1백 미터에 이르는 수영을 시작해야 하는 것이다. 이런 3단계 과정을 모두 거치자면 최소한 한 시간 이상의 여유는 있어야 할 터였다. 하지만 그런 시간의 공백이란 어림도 없는 일이었다. 꽉 짜인 일과, 인원 점검, 단체 행동, 수많은 타인의 눈, 눈, 눈들. 그것을 뚫고 탈출에 성공한다는 것은 거의 기적에 가까운 일이었다.

어느 날 새벽 용운은 틈을 보아 밖으로 나왔다. 사전 답사를 위해서였다.

험한 당산으로 들어가 나루오름 쪽으로 방향을 잡았다. 순간 축사

쪽에서 닭이 홰를 치며 우는 소리가 들렸다. 용운은 마음이 다급해졌다. 나무 뿌리에 채이고 나뭇가지에 얼굴을 긁히면서 그는 숨 가쁘게 기슭을 탔다. 속새풀이 자꾸만 발목을 휘감았다. 그렇게 허겁지겁하면서도 용운은 쉬지 않고 사방으로 눈알을 굴렸다. 쓸만한 통나무를 찾기 위해서였다. 최소한 몸통 정도의 크기는 되어야 물에서 매달려가기 쉬우리라. 그런데 그 순간, 용운은 불현듯 가슴속이 허전해지면서 이상스런 감정이 자신을 사로잡는 것을 느꼈다. 문득, 박꽃 누나의 핼쑥하고 애잔한 얼굴이 떠오르더니 사라지지 않는 것이었다. 왠지 그 지옥 같은 선감도를 떠나고 싶지가 않다는 생각을 하며 용운은 얼굴을 노을빛처럼 붉혔다. 그 누나가 살고 있는 선감도는 지옥이 아니라 천국처럼 여겨졌다.

용운은 박꽃 누나의 얼굴을 지우고 대신 엄마 얼굴을 떠올리려고 애써 보았으나 왠지 잘 되지 않았다. 용운은 한숨을 폭 내쉬었다. 그러고는 이리저리 산을 헤매었다. 나뭇가지에 찢기기라도 했는지 이마께가 쓰라렸다. 그는 정신을 차렸다. 마땅한 통나무는 쉽사리 눈에 띄지 않았다. 낮에 잘린 잔가지들은 많이 널려 있었으나 아무리 찾아봐도 죽어 넘어진 고사목 하나 없었다. 그런 것쯤이야 산에 흔하리라 생각했던 발상이 빗나가는 중이었다.

새벽이 빠른 속도로 눈을 뜨고 있었다. 정신없이 산을 걷던 용운은 어느새 나루오름의 산비탈을 내려서고 있었다. 순간 가슴이 철렁 내려앉으며 아득한 현기증이 일었다. 아, 저 출렁이는 새벽바다는 얼마나 무정한가! 아, 저 아득한 마산포.

용운은 대번에 기가 꺾였다. 그건 설사 누가 든든한 판자를 한 개 갖다 준다 해도 웬만한 배짱으로는 쉽게 엄두도 못 낼 짓이었다. 갑자기 모든 게 두려웠다. 어설픈 방법으로 바다에 뛰어든다는 것도 두려웠고, 한번 들어가면 그 어떤 비상사태가 발생해도 아무런 구원의 손길을 기대하지 못한다는 것도 두려웠다. 아직은 어린 용운이다. 초조함 속에서 시간은 더욱 빨랐다. 벌써 하늘이 진홍빛으로 물들기 시작하고 있었다. 용운은 급히 산을 타고 내려갔다.

그 후 며칠 동안 용운은 공상을 버리고 좀 더 현실적으로 생각하려고 노력했다. 그리고 몇 가지 새로운 사실들을 알아냈다. 어떤 부유물로 물을 건너는 것은 가능할지 모르나 통나무로는 어렵다는 것이었다. 물에 절반 이상 잠기는 통나무는 그만큼 부력도 적고 또한 발장구질 하나로 쉽게 앞으로 나아가지 않는다는 점이었다. 좀 더 신중해져야 했다. 한번 실패하면 그 대가가 엄청나게 가중된다는 사실에서라도 그래야 할 터였다. 아무래도 삐에로 형에게 의논해 보는 게 순서일 것 같았다.

어느 날 영농작업 중의 휴식 시간 때였다. 둑 위에 혼자 떨어져 앉은 삐에로는 표정 연기를 하며 독백을 중얼거리고 있었다.

"인생은 연극이다, 괴롭더라도 나의 배역을 잘하면 돼…."

"형."

바싹 붙어 앉으며 나직하게 부르자 그는 습관처럼 두 눈을 채플린처럼 껌뻑거리며 돌아다보았다. 저만치 저수지에서는 땀을 식히기 위해 원생들이 한창 물장난을 하고 있었다.

"나 형한테 물어볼 게 하나 있어."

"뭔데?"

"형 지금 몇 살이야?"

"왜? 열여덟이다. 근데 왜?"

"아니, 그저 형이 열여덟이면 곧 여기를 나갈 수도 있겠구나 싶어서."

"나간다구? 왜?"

"왜라니? 여기 계속 있을 거야?"

"지금 여기서 즐겁게, 의미 있게 살면 돼. 어떤 곳으로 나간다고 꼭 행복해지는 건 아니야. 여기도 일종의 낙원일 수 있고, 단련의 장소로 활용할 수가 있다구. 이 세상 어디든 천당과 지옥은 있어, 화려한 왕궁 속에도…."

"아무리 그래도 여긴 지옥이야. 가짜의 세계이니 꼭 탈출해야만 해."

"가짜가 진짜고 진짜가 가짜일 수도 있어."

"형, 자꾸 영화에 나오는 배우 흉내 낼래? 그래, 좋아. 난 아름다운 꿈을 이루고 싶어서 여기서 나갈래."

"흐흐, 장난이었어. 그래, 어떻게 나갈래?"

"우리가 여기 들어오던 날 사감 선생이 그랬잖아. 열여덟이 되면 내보내 줄 수도 있다고."

수상한 선감학원과 삐에로의 눈물

그러자 삐에로는 기가 차다는 듯 입꼬리를 올렸다.

"원, 순진하긴. 야, 믿을 걸 믿어라. 열여덟 살에 내보내 줄 거라면 열여덟 넘은 놈은 뭐하러 잡아오냐? 그리고 스무 살도 넘는 고참들은 왜 아직 여기 있대냐?"

"글쎄, 그건 이상해. 근데 사감 선생은 왜 그런 말을 했지?"

"그건 그럴 만한 이유가 있겠지."

"이유?"

"우리가 들어오기 전에 여길 나간 애가 몇 명 있긴 있나 보더라구."

"아니, 어떻게?"

"고아라곤 하지만 호적이 버젓이 살아 있는 애들도 있대. 그중에 몇 명이 여기서 곧바로 군대를 지원해 갔댄다."

간혹 아는 사람이 찾아와서 데려가는 경우가 있다는 소리는 들었지만 그것은 금시초문이었다.

"그리고 또 서너 명은 기술을 배워 나가게 됐구."

"기술?"

"가끔 육지의 목공소 같은 데서 견습공이 필요하다는 연락이 온댄다. 그럼 선감원에서 모든 걸 책임진다는 조건으로 까다로운 절차를 거친 다음 위탁교육 형식으로 넘겨 보낸대. 하지만 품행이 좋지 않거나 탈출 전과가 있으면 가망이 없댄다. 하늘에 별 따기지 뭐."

그러더니 선감원에서 그 알량한 가능성을 두고 생색을 내는 것이라고 했다.

"그럼 우리에겐 별 희망이 없다는 얘기네?"

"그런 셈이지."

삐에로는 킥킥 웃었다.

"그런데도 형은 걱정이 안 돼? 언제까지 여기서 살 거야?"

"응? 너 무슨 말을 하고 싶어서 그래?"

"아, 아냐. 난 그저…."

"뭘 그러냐? 할 말 있으면 탁 털어놓고 해봐."

"좋아. 말할게. 이건 우리 둘만의 비밀이야."

"알았어, 걱정 말고 해."

용운은 주위를 살피고 나서 나직하고 빠르게 말했다.

"형, 이왕 희망이 없는 바에 우리 탈출하는 게 어때?"

"흥, 내 그럴 줄 알았지."

"응?"

"야, 그 말하기가 그렇게 힘드냐?"

"아니, 그럼 형도?"

"탈출을 생각하는 게 너뿐인 줄 아니? 누군 지금 여기가 좋아서 이러고 있는 줄 아냐?"

용운은 기쁜 나머지 그의 손을 꽉 잡았다. 가슴이 벅차오르는 사나이들의 꿈같은 악수였다. 새로운 힘과 용기가 용운의 온몸으로 뜨겁게 용솟음쳤다.

"야, 남들이 볼라, 조심해!"

삐에로가 사방을 둘러보며 빠르게 말했다. 용운은 아차 싶어서 얼른 자세를 바로잡았다.

"그런데 어떤 방법으로 나가지? 뭘 잡고 건너면 좋을 텐데 말야."

"내가 얼마 전부터 생각하는 게 있어."

"응? 그게 뭔데?"

그때 작업 시작을 알리는 사장의 고함 소리가 들려왔다.

"야, 이따 저녁 때 옥사 뒤로 나와. 알았지?"

삐에로는 태연하게 휘파람을 불며 자리에서 일어났다. 왕거미 사장이 지나가면서 눈살을 찡그렸다. 그날 저녁 둘은 옥사 뒤에서 다시 만났다. 삐에로가 속삭였다.

"커다란 널빤지 하나면 만사 해결인데 말야. 널빤지는 부력감도 좋고 통나무처럼 무디지 않아서 붙잡고 가면 건널 수가 있다고."

"형, 누가 그걸 몰라? 그런 걸 구할 수가 없으니 문제지."

"있어."

"어디 있어?"

"변소 문짝."

삐에로가 대단한 것이라도 되는 양 말했다.

"응…?"

"왜 그래?"

"아니, 변소 문짝을 뜯어 가잔 말야? 그게 물에 뜨겠어?"

"넌 그래서 아직 엄마 젖을 더 먹어야 된다니까. 아마 통나무보다는 훨씬 나을 거야. 바다의 배가 되는 거지."

삐에로는 주위를 한번 살피고 나서 말을 이었다.

"밤마다 소변을 보러 가는 척하면서 미리 경첩의 못을 하나씩 빼두는 거야. 문짝이 떨어지지 않도록 위아래 각 한 개씩만 남겨두고 매일 밤 조금씩 뺀단 말야. 일이 끝나면 반드시 그때그때 흙칠을 해서 손자국이 잘 드러나지 않도록 해야 한다. 그리고 이왕이면 위아래 한 개씩 남긴 것도 몇 번 빼었다 꼈다 해두는 게 좋아. 나중을 위해서 말야."

"형, 머리 잘 돌아가는걸."

"이게 다 영화를 많이 본 덕분이지, 하하."

삐에로가 작은 소리로 웃었다.

"영화처럼 될까?"

"영화는 공상이 아니야. 아무튼 내가 적당한 연장감을 구해 볼 테니까 너도 매일 밤 한두 번씩 나와서 뽑을 생각을 하고 있어. 목표는 왼쪽 마지막 변소야. 살펴보니까 그쪽 문짝이 무척 허술해 뵈더라."

"그래, 알았어."

"연장은 쓰고 나서 항상 문틀 위에 올려놓기로 해."

"알았어. 형, 그럼 빨리 시작하자."

"그래. 연장부터 구해 놓고 나서 다시 얘기하기로 하고 그만 들어가자. 너무 오래 쏙닥거려도 이상하게 생각할 테니까."

둘은 일단 그렇게 약속을 하고 방으로 들어갔다. 용운은 그날 밤 여느 때보다도 잠이 오지 않았다. 하루 중 가장 기다려지는 취침 시간이지만, 눈은 또랑또랑하게 탈출하는 모습을 바라보고 있었다. 가슴이 끝없는 설렘으로 타올랐다.

다음날 저녁, 맞은편에서 식사를 하던 삐에로가 용운을 향해 눈을 찡긋해 보였다. 용운은 대번에 그 뜻을 알아챌 수 있었다. 식사를 끝낸 후 둘은 다시 만났다. 옥사 뒤로 돌아들기 무섭게 삐에로가 주머니에서 뭔가를 꺼내 보였다.

"이게 뭐야?"

"뭐긴 뭐야, 숫돌이지. 오늘 작업 시간에 낫을 갈다가 몰래 깨어 왔다."

"이걸로 어쩌려구?"

"어젯밤에 곰곰 생각해 보니 아무래도 못을 뺀다는 게 쉬울 것 같지 않더라. 캄캄한 밤에 더듬거리면서 경첩을 잡아제켜야 하는데 그게 잘될 리도 없구."

"그래서?"

"숫돌 작전이지."

"응?"

"경첩은 하나의 쇠못을 중심으로 두 개의 쇳조각을 맞물려 놓은 게아니냐. 그러니까 가운데 끼워진 쇠못의 한쪽 대가리를 갈아 없애고빼내면 경첩은 쉽게 분리가 되잖아. 변소 문을 닫으면 그 틈새로 경첩의 접히는 부분이 밖으로 튀어나와 갈기에도 편하다는 얘기지."

"응."

"그러니까 이걸로 조금씩 갈아 들어가는 거야. 하루에 백 번씩만 문지를 생각을 하자구."

"백 번씩?"

"더 많이 하면 좋고."

"알았어. 그럼 오늘부터 시작하지 뭐."

그날 밤부터 비밀스런 작업이 시작되었다. 변소에 도착하면 다른 칸부터 노크를 해보는 것이 순서였다. 화장실 중 어느 한 곳이라도 사람이 있으면 아무 곳이나 들어가서 나갈 때까지 기다려야 했고, 그러다 보면 또 다른 사람이 오곤 하는 바람에 허탕치고 들어온 때도 허다했다. 그러나 용운과 삐에로는 꿈이 있기에 지치지 않았다.

그들은 생쥐처럼 기를 쓰고 경첩의 쇠못을 갈아댔다. 그러던 어느 날 삐에로가 한숨을 쉬더니 말했다.

"아, 그래도 엿장수 할 때가 좋았지. 흐흐…."

"형, 뭔 소리야?"

"춘천의 어느 고아원에 있다가 갑갑해서 결국 탈출을 했지. 치사스런 밥 한 숟갈보다는 시원한 바람이 그리웠어. 배를 곯다가 우연히 어느 엿방에 들어갔거든."

"히히, 형이 엿장수를 했다구?"

"응. 방랑천하 아니겄냐. 엿장수 맘대로란 말도 있지만…. 엿판 하나 둘러메고 발길 닿는 대로 떠돌면 세상천지에 부러울 게 뭐 있것어. 엿

가위를 쟁강쟁강거리며 달달한 엿 사려! 고소한 깨엿 콩엿 호박엿도 있소! 외치고 다니느라면 웃음도 울음도 나더군. 혹시 채플린이 조선의 배우였다면 아마 엿장수로 분장해서 방랑자로 떠돌지 않았을까 싶어. 히히….”

“응.”

용운은 열심히 경첩을 갈아대면서 대꾸했다.

“새벽이면 생엿을 가지고 두 사람씩 마주 서서 짜장면 면발을 뽑듯이 반복적으로 늘이지. 그러면 거무스레하던 강엿은 갈색을 거쳐 차츰 하얗게 변해. 아, 인간도 신의 손으로 그렇게 하면 악인이 선인으로 환생할지 몰라. 흐흐… 공기가 잘 배어들어 부풀어오른 엿가락은 아주 하얗고 양도 불어나서 최상품이 돼.”

“꼬마 엿장수가 고생이 많았겠구나.”

“여름과 겨울이면 삥이치는 거지 뭐. 삼복 더위에는 까딱하면 눅진하게 녹아 버리니까 볼짱 다 봐. 한겨울엔 더 어렵단다. 아이놈들도 따스한 방구석에 박혀 만화책이나 보는지 좀체 코빼기를 보이질 않거든. 찬바람이 쌩쌩 불어대는 고갯길을 걸으며 허기진 배를 엿가락 한두 개로 달래느라면 때로 눈물도 나지.”

“불쌍하군.”

“그래도 엿판 덮개 위에 애들의 호기심을 끌 만한 색색가지 고무풍선이나 딱지, 껌 따위 얹은 채 돌아다니다가… 영화에 나오는 얘기를 들려주면 코흘리개들이 무척 좋아했었지.”

삐에로는 그때의 추억 속에 젖어들어 긴 한숨을 내쉬었다.

아침부터 계절에 맞지 않게 센 바람이 귓바퀴를 윙윙 소리내어 스
친다 싶더니 정오를 넘으면서부터는 미친 듯 기승을 부리기 시작했다.
굵은 소나기까지 동반한 태풍은 축사 지붕을 종잇장처럼 날려 버렸고
나무도 뿌리째 넘어뜨렸다.

비상소집을 당한 원생들은 각종 연장을 들고 논, 염전 등지로 떼지
어 몰려갔지만, 대자연의 힘 앞에서는 속수무책이었다. 보리가 미친
듯 춤을 추며 쓰러졌고 고춧잎이 뜯겨 날렸다. 바다는 지옥 속의 혼돈
같았다. 산처럼 거대한 파도가 방파제 너머로 밀어닥쳤다. 당산의 나무
들이 바람과 싸우느라 필사적으로 뒤흔들렸고 부러져 나가는 나뭇가
지의 비명이 처절하게 들렸다. 섬 전체가 이대로 물에 잠기고 세상엔
끝이 오는 게 아닌가 싶기도 했다.

그러나 아침이 되자 언제 그랬냐는 듯 난장판 위로 태양은 변함없이
떠오르고 있었다. 원생들은 연장을 있는 대로 챙겨 들고 염전으로 뛰
었다. 여기저기 복구 작업에 나선 지역 주민들이 분주히 움직이고 있
었다. 논밭도 문제였지만 염전의 피해는 참담할 지경이었다. 파도가 훑
어가 버린 뒤의 모습이란 쑥대밭이었다. 염전이 있었다고는 도저히 믿
기지 않을 만큼 황폐한 벌판으로 변해 있었다.

수용소 원생들이 집합하자 원장의 지휘로 복구 작업이 시작되었다.
인근의 흙을 퍼다 둑부터 쌓아 나갔다. 평소 같으면 감독이나 하며 기

세등등할 사장과 반장들까지도 삼태기를 들고 뛰었다. 누가 누군지 서로 알 수도 알 필요도 없었다. 그저 한곳에 뒤섞인 무리가 개미떼처럼 오고 갈 뿐이었다. 그런 식으로 염전과 야산 기슭을 무수히 왕복했다.

삽질로 야산의 한 모퉁이가 작은 집터만큼 다져졌을 때였다. 삐에로가 다가오더니 흙을 퍼담는 용운의 옆구리를 툭 치고 빠르게 비껴갔다. 용운은 대번에 그의 뜻을 알아챌 수 있었다. 갑작스런 상황이라 당혹스러웠지만 언제까지 서 있을 수만도 없는 노릇이었다. 삼태기를 둘러메고 그의 뒤를 쫓아갔다. 원생들 틈에 섞여 저만치 앞서가던 삐에로가 슬그머니 자리를 이탈하여 마을 옆 골목으로 꺾어들고 있었다.

용운은 졸아드는 가슴으로 그를 따라갔다. 당장에라도 누군가가 뒷덜미를 낚아챌 것만 같았다. 외진 둔덕을 돌아들기 무섭게 삐에로가 삼태기를 내던지며 소리쳤다.

"빨리 공동묘지 위로 해서 저쪽 숲속으로 들어가! 곧 갈게."

용운은 몸을 낮추고 수수밭 옆으로 해서 공동묘지 위로 내달렸다. 바람에 나뭇잎이 우수수 날렸다. 땀방울이 스멀스멀 등줄기를 타고 흘렀다. 진달래가 핀 산허리를 타고 숙사의 변소 앞에 도착했다. 열린 변소 문으로 파리만 윙윙거릴 뿐 사방은 고요했다.

용운이 책임졌던 아래쪽 경첩은 아직 덜됐지만 위쪽 쇠못은 완전히 갈린 상태였다. 금방 나타난 삐에로가 위쪽 쇠못을 빼고 문짝을 잡아당겨 좌우로 비틀었다. 아래쪽 경첩이 이리저리 찌그러지면서도 끈질기게 버텼다. 초조해진 삐에로가 몇 번을 힘 있게 걷어차자 문짝은 비명을 지르며 떨어져 나갔다.

"노루고개로 뛰어!"

삐에로가 문짝을 둘러메며 소리쳤다. 노루고개란 당산을 넘는 오솔길로 그곳만 넘으면 곧바로 나루오름 선착장의 상류와 만나게 되었다. 둘러멘 문짝이 바람을 받아 자꾸만 삐에로의 몸을 뒤틀리게 했다. 바람과 싸워 가며 고개를 넘어 해변에 도착했지만 삐에로는 계속 상류로 달렸다.

"형, 어디까지 가는 거야?"

"잔소리 말고 뛰어! 물살이 강한 걸 계산해 최대한 위로 올라가야 해."

이윽고 삐에로가 발을 멈춘 곳은 처음부터 물이 깊고 경사가 가파른 곳이었다. 나루오름에서는 정면으로 보이던 마산포가 저 멀리 대각선으로 건너다 보였다.

"자, 시작이다!"

삐에로가 문짝을 바다 위에 띄우며 앞서 들어갔다. 바다는 완강히 출렁거렸다. 용운은 문짝의 한 끝을 잡고 조심스럽게 따라 들어갔다. 대번에 목까지 물에 잠기면서 숨이 차올랐다. 아직 태풍의 뒤끝이 가시지 않은 탓에 물결은 생각보다 훨씬 센 편이었다. 높은 물결이 가뜩이나 숨이 찬 얼굴을 쉴 새 없이 덮쳐왔다.

"형, 무서워."

"당황하지 마. 물이 얼굴을 덮칠 땐 숨을 멈춰!"

삐에로가 숨을 몰아쉬며 말했다. 문짝에 의지해 발버둥을 쳤지만 속도는 답답하리만치 느렸다. 아무리 발버둥을 쳐 봐야 앞쪽보다 오히려 나루오름 쪽으로 떠내려가는 거리가 더 많았다. 문짝은 출렁대는 파도의 강한 리듬에 맞춰 쉬지 않고 흔들렸다.

"구름아, 그렇게 발만 꼼지락대지 말고, 한 손으로 물을 헤쳐 봐!"

삐에로가 답답한 듯 소리쳤다. 하지만 달리 거머쥘 곳도 마땅찮은 문짝에서 한 손을 놓기란 쉽지 않았다. 기를 쓰고 두 발을 버둥거렸다. 한 시간쯤 지났으리라. 그들은 나루오름과 마산포의 일직선을 비껴나고 있었다. 그만큼 물살의 흐름은 빨랐던 것이다. 그대로 가다가는 나루오름 선착장의 누구에게 발각되거나 아니면 망망대해로까지 떠내려가게 될지도 모를 일이었다.

그때였다. 방파제 쪽을 돌아서 나오는 한 척의 나룻배가 보였다. 염전 복구작업에 필요한 공구를 실어 나르고 다시 나가는 배였던 것이다.

"머리 낮춰!"

삐에로가 다급하게 부르짖으며 물속으로 숨었다. 그러나 그건 무의미한 행동이었다. 배가 마산포로 향하는 만큼 그 일직선에 놓인 그들의 주위를 통과하는 건 당연하기 때문이었다.

"아!"

얼마나 급했던지 갑자기 솟아오른 삐에로는 판단력을 상실한 듯 문짝에서 떨어지더니 마산포를 향해 필사적으로 헤엄을 치기 시작했다. 그러나 처음 얼마간 빠르게 나간다 싶더니 20여 미터도 못 가서 허우적거렸다. 남은 기력을 한꺼번에 소모했기 때문이었다.

시퍼런 수면 위에서 자맥질을 해대는 삐에로의 처절한 모습이 허연 물결에 몇 번인가 가려지곤 했다. 그의 신음 소리는 한낱 바람이 되어 물안개처럼 흩어질 뿐이었다.

"사람 살려요!"

용운은 저도 모르게 소리쳤다. 배가 천천히 이쪽으로 다가왔다.

"빨리 저놈부터 끌어올려!"

배에는 선원 외에 두 명의 수용소 직원까지 타고 있었다.

"이 새끼야! 뒈질려면 무슨 지랄은 못하냐? 너 어느 사야?"

직원 하나가 주먹으로 용운의 이마를 치며 호통쳤다. 그렇지 않아도 정신이 없는데다 다리마저 후들거리던 용운은 그대로 주저앉았다. 직원이 사공에게 뱃머리를 돌리도록 부탁했다. 배는 곧 염전 옆 방파제에 도착했고, 삐에로와 용운은 작업을 지휘하던 사감 선생 앞으로 끌려갔다. 사감 선생이 싸늘한 미소를 띠고 쏘아보았다. 소름 끼치는 미소였다. 용운은 일시에 모든 기력이 빠져나가 그대로 주저앉고만 싶은 기분이었다.

"요것들이 정말 미쳤나 보군. 미친 개는 개가 아니듯이 미친놈은 더이상 인간 대접을 해줄 수 없다!"

한껏 뒤틀린 얼굴로 노려보던 사감 선생이 표독스럽게 씹어뱉었다.

"내 오늘 본때를 보여 주고 말겠어!"

사감은 버들가지 회초리를 꺾어 들더니 마구 휘둘렀다. 회초리는 휙

소리를 내며 칼처럼 공기를 갈랐다. 혼줄이 빠질 만큼 예리한 아픔이었다. 그러나 그것은 시작일 뿐이었다. 한번 손을 댄 사감은 그것을 자극제 삼아 정신착란 같은 증세를 보이기 시작했다. 버들가지 회초리를 던져 버리더니 주먹을 마구 휘둘렀다. 이어 구둣발로 가슴을 차서 뒤로 벌렁 넘어뜨렸다. 그러고는 발길로 머리며 등짝을 가리지 않고 후려쳤다.

바닷가 한쪽의 검은 바윗돌 틈새에 거무스름한 두 개의 나무기둥이 2미터쯤 사이를 두고 서 있었다. 마치 십자가처럼 가로장이 달린 그것은 오래 전부터 '징벌의 기둥'으로 불리었다. 어느덧 저녁 어스름이 내리기 시작했다. 사감은 완장을 찬 원생들을 시켜 두 탈주범을 각각의 기둥에 매달도록 했다. 웃옷을 벗긴 채 가로장에 두 팔을 묶인 그들은 발끝으로만 겨우 바위를 딛고 선 꼴이 되었다.

"그렇게 바닷속으로 들어가고 싶었으니 거기서 원이 없도록 실컷 바다 구경을 하면서 깊이 반성하도록 해라!"

사감이 큰 소리로 쩌렁쩌렁하게 말했다. 그는 고개를 돌려 주위에 빙 둘러선 원생들을 바라보았다.

"선감학원은 결코 너희들을 핍박하는 곳이 아니다. 원장님의 말씀처럼, 이곳은 온갖 우범지대를 거쳐 인생 종착역으로 밀려온 쓰레기 같은 인간들을 갱생시켜 조국 발전의 역군들로 만들려는 신성한 학원이다. 그런데도 국가의 큰 은혜를 저버리고 탈출하여 다시 육지로 가서 악행을 저지르려는 자들이 있으니 유감이 아닐 수 없다! 우리는 길을 잃고 방황하다가 악의 소굴로 빠져드는 어린 양들을 그냥 둘 수는 없다. 여러분들도 저들의 꼴을 거울로 삼아 마음속의 유혹을 떨쳐내 버리기 바란다."

새해 들어 첫 탈주범들을 시범적으로 엄중히 처벌하여 다른 원생들을 단속하려는 강한 의지가 엿보이고 있었다. 설교를 마친 사감은 얼마 후 바닷가에 두 사람만 남겨둔 채 원생들을 인솔하여 떠나가 버렸다.

석양 비낀 하늘에 노을이 붉게 물들고 있었다. 서서히 땅거미가 내리기 시작하고, 하늘은 점차 보랏빛을 거쳐 청회색으로 변해 갔다. 이어 완전히 컴컴해졌다. 용운과 삐에로, 십자가에 매달린 두 어린 양은 밤바다를 바라보며 몸을 떨고 있었다. 턱도 조금씩 떨려서 다그락 다그락 이빨 부딪치는 소리가 났다. 소금기를 머금은 찬 해풍이 불어오고 기온은 뚝 떨어졌다.

"형, 어쩌지? 언제까지 이러고 있어야 할까?"

"이 기둥에 한번 매이면 내일 해가 뜰 때까지는 절대로 풀어 주지 않는다는 얘길 들은 적이 있어."

용운처럼 삐에로도 역시 이빨을 떨면서 대답했다.

"내일 아침까지 이런 식으로 견딜 수가 있을까?"

"모르지. 내일 해가 떠올라 봐야 알겠지. 우리 생사가 걸린 내기를 한번 해볼까? 스릴 있겠는걸."

"형, 농담하지 마, 제발. 이건 영화 장면이 아니라 실제 현실이란 말야."

그 순간 두 사람은 동시에 짧은 비명과 신음소리를 냈다. 좀전까지는 바위 아래쪽의 모래톱을 핥으며 해조음을 들려주던 바닷물이, 어느 결에 서서히 차올라 바윗돌을 넘고 그들의 발목까지 적셔 왔던 것이다.

"이건 정말 장난이 아닌걸. 아, 무서워 죽겠군."

영화 운운하던 삐에로가 겁먹은 목소리로 중얼거렸다. 한번 겁을 먹기 시작하면 끝이 없을 터였다. 용운은 삐에로의 정신을 깨게 하고 자신도 공황상태에 빠져들지 않기 위해 마구 지껄여댔다.

"형, 거지가 떠도는 세상 자체가 곧 바다였어. 하지만 어떻게든 살아가게 돼. 누구도 가까이 가기 싫어할 정도로 을씨년스런 개천가 다리 밑 움막이었지만, 거지들에겐 비바람을 막아 주고 사람의 냄새와 온기를 느끼게 해주는 소중한 공간이었어. 비록 구걸하러 다닐 적에는 비굴하게 남의 눈치를 살피게 되지만, 일단 시장 안에 모여들면 각자가 겪은 얘기로 꽃을 피워 시간 가는 줄 몰랐지.

한겨울, 남대문 지하도에 신문지를 깔고 노숙을 하는데 통금시간이 넘으면 셔터를 내리고 밖으로 내쫓았어. 거리에서 추위 속에 어린아이부터 노인까지 온갖 노숙자들이 해진 가마니를 덮고 새우처럼 웅크린 채 잠을 잤지. 남들은 코를 막고 질겁하는 고약한 냄새를 맡으면서도 거지들은 부모 형제의 품과 같은 포근함을 느꼈어. 새벽에 눈을 뜨면 온몸이 얼어붙어 있지. 계단 위로 올라가 보면 불꽃이 피어오르고, 일찍 나온 시장 상인들이 휴지며 판자대기를 모아놓고 불을 피워. 노숙자들은 그 불을 쬐면서도 희망 없는 눈빛에 돌덩이처럼 앉아 있다가 불이 사그라지면 하나 둘 일어나 빌어먹기 위해 어디론지 떠나는 거야…. 약아빠진 놈들은 구걸하는 수법이 있어. 옷을 멋지게 차려입은 여자들에게 다가가 흙탕물을 묻힌 손을 벌리며 말하지. '한푼만 도와주세요' 만일 피해 가려고 하면 당장 옷을 붙잡아 더럽힐 듯이 굴며 달려들거든. 그러면 울며 겨자 먹듯 돈을 던져 주었어…."

용운은 말이 끊어지는 게 두렵다는 듯 계속 지껄였다.

"어느 날 외팔이라는 아이가 어느 곳으로 데려갔어. 그 움막엔 팔이 없거나 다리가 무릎 부분에서 잘려 버린 아이들이 모여 있었어. 노인도 몇 명 보였어…. 원래부터 불구자였던 경우도 있지만 일부러 가장하는 경우도 있대. 더 무서운 건 실제로 그렇게 보이기 위해 팔이나 다리를 도끼로 잘라낸다는 거야…. 그래서 목발을 짚거나 외팔이의 갈쿠리를 슥 내밀며 볼펜이나 껌 따위를 파는 사람, 지하도나 육교에서 상처를 내보이며 구걸하는 사람, 외상값 받아 주고 빚돈 찾아 먹는 사람, 시장 주변을 돌면서 장사꾼들에게 얻어먹는 사람 등…. 어쨌든 살기 위해 일을 하러 나가. 난 무서워서 곧 도망쳐 버렸지."

"아, 너무 추워."

삐에로가 중얼거렸다.

시간이 지날수록 바닷물은 점점 더 차올라 그들의 무릎을 적시고 허리를 휘감더니 가슴께에서 출렁거렸다. 컴컴한 밤바다는 거대한 괴물처럼 달려들며 포효했고, 그럴 때마다 허연 파도는 괴물의 침처럼 둘의 얼굴에 튀었다. 그 괴물은 상상 속의 존재가 아니라 현실의 동물일 수도 있었다. 먼 바다에서 배회하던 굶주린 상어가 살 냄새를 맡고 슬그머니 다가오지 않는다는 보장도 없었다. 수면이 가슴 위쪽을 넘고부터는 익숙하던 현실의 느낌이란 것이 사라져 버렸다. 출렁이는 파도가 목을 물어뜯기 시작하자 시간은 정지하고 다만 삶과 죽음이 하나의 줄 위에서 이리저리 오락가락하는 공포만 남을 뿐이었다.

캄캄한 밤바다 위에 둘의 원초적인 외침과 신음소리만 떠돌았다. 하늘을 향해 소리를 지르던 용운은 문득 입을 다물었다. 짠물이 입과 코 속으로 밀려 들어왔기 때문이기도 했지만 왠지 이상한 느낌이 엄습했던 것이다. 옆에서 살려 달라고 기도하고 애걸하던 삐에로의 목소리가 들리지 않았다.

"형, 뭐해? 계속 엉터리 기도라도 해야 돼."

역시 아무런 대답도 들려오지 않았다.

"삐에로 형! 정신 차려! 여기서 포기하면 우린 죽고 만단 말야!"

그 소리는 메아리도 없이 허공으로 사라져 버렸다. 이 드넓은 바닷속에 혼자뿐이라는 고독감이 죽음보다 더한 절망을 시린 가슴으로 느끼게 했다. 용운은 눈을 꼭 감아 버렸다. 어둠 속에 하얀 박꽃 누나의 얼굴이 떠올랐다. 하지만 곧 차가운 파도에 쓸려 사라져 버렸다. 용운은 애써 그 얼굴을 붙잡으려고 해보았으나 역부족이었다. 두려움 때문에 눈을 뜰 수가 없었다. 너무 괴롭고 공포스런 나머지 용운은 예전에 고생스럽던 시절도 떠올려 보았다.

얼마 후부터 물이 서서히 줄어드는 것을 그는 인지하지도 못했다. 해는 아직 보이지 않았으나 새벽빛이 희미하게나마 비쳐 오기 시작했다. 바닷물이 다 빠져 나가 버린 바닷가가 희미하게 드러났다. 바위 옆의 십자가 기둥에 매달린 두 소년의 머리는 푹 수그러져 있어서 마치 시체처럼 보였다.

한참 후에 왕거미 사장이 완장을 찬 원생들을 거느리고 기둥 앞에 나타났다. 그의 지시대로 원생들이 양동이에 물을 퍼담아 기둥을 향해 뿌렸다. 먼저 용운의 몸이 조금씩 꿈틀거렸다. 사장이 대나무 회초리로 상체와 하체를 번갈아 가며 후려치자 용운의 눈이 겨우 뜨였다. 사장의 눈짓으로 원생들이 기둥에 묶인 줄을 풀고 두 개의 알몸뚱이를 모래사장 위에 눕혔다.

따스한 봄 햇살을 받은 두 얼굴은 지난밤의 고통을 잊은 듯 평온해 보였다. 푸르딩딩하던 입술에도 핏기가 돌아오기 시작했다. 하지만 왕거미 사장은 그들의 평온한 휴식을 허용하고 싶지 않은 모양이었다. 억센 손바닥으로 뺨을 철썩철썩 쳐대자 용운과 삐에로는 두 눈을 뜨고 주위를 둘러보았다.

"일어나, 반역자 새끼들아!"

사장이 구둣발로 차자 둘은 상을 찡그리면서도 마지못해 몸을 일으켰다. 그리고 자신들이 놓인 현실을 알아채자마자 동작이 좀더 빨라졌다.

"지금부터 운동장까지 토끼뛰기를 해서 달려간다. 실시!"

수상한 선감학원과 삐에로의 눈물

사장이 앞서 나갔다. 그는 옥사로 향하는 도중 길섶의 버들가지 하나를 꺾어 들었다. 손가락 굵기의 낙신낙신한 것이었다. 겨우 몸을 추스른 용운과 삐에로는 엉거주춤한 자세로 토끼뜀을 시작했다. 거리가 제법 멀어서 과연 그렇게 갈 수 있을지 의문스러웠다. 하지만 왕거미 사장의 매운 회초리질과 원생들의 구령 아래서 둘은 점점 속도를 높이고 있었다.

운동장에 닿아 헐떡이는 두 죄인에게 왕거미 사장이 설교를 늘어놓았다.

"대체 네놈들이 가면 어디로 갈 거야? 바닷물도 못 건너겠지만, 설사 건넜다고 해도 전국에 수배해서 단 하루면 네놈들을 다시 잡아 올 수 있어. 네놈들 명단이 전국 경찰서에 안 깔려 있는 줄 알아? 맘만 먹으면 잡는 그 자리에서 총살시킬 수도 있어, 이놈들아!"

이어서 찬바람을 일으키며 말했다.

"한 놈은 용서해 주겠지만, 넌 상습범이므로 좀더 고생해 봐. 따라와, 이 자식아!"

용운은 사장에 의해서 본관 지하 감방으로 끌려가 갇히게 되었다.

"꼼짝 말고 앉아 반성해, 임마!"

밖에서 문 잠그는 소리와 거의 동시에 용운은 무너지듯 주저앉았다. 손가락 하나 까딱할 만큼의 힘조차 남아 있지 않았다.

악몽

아마 난 맞아 죽을지도 몰라.

텅 빈 머릿속에서 그런 소리만 메아리치고 있었다.

좁은 지하감방에는 퀴퀴한 악취가 배어 있었다. 햇빛 한 줄기가 그리울 지경이었다. 지금 생각해 보면 지상의 사동(舍棟)은 역시 괴롭긴 했어도 일종의 천당처럼 여겨졌다. 벽 여기저기에 낙서가 새겨져 있었다.

인천 사이다 방문하다.

서울역 앞에서 우산을 팔던 어린 여자애들은 지금 어디서 뭘 하고 있을까? 가난이 죄.

조상님들이여, 어쩌다가 나라를 말아먹었나이까? 아, 망국의 한이여! 1943. 12. 5. 망치.

나를 죽이지 못한 것은 나를 더 강하게 만든다. 견뎌내자! 독약도 소화시키면 약이 된다.

밤에 용운은 잠들 수가 없었다. 음식물도 전혀 들어오지 않았다. 배가 고프고 갈증이 심했지만 제대로 누울 공간이 없어 용운은 웅크린 채 이를 물고 견뎌야 했다. 캄캄하고 꽉 막힌 공간은 의식까지도 좁게 조여 왔다. 용운은 미칠 것만 같아서 두 손으로 머리를 감싸 쥐었다. 숨을 헐떡거리며 눈을 꽉 감아 버렸다.

몽롱한 머리에 문득 서울 거리를 떠돌던 한때가 떠올랐다. 용운은 현실에서 잠시라도 벗어나기 위해 자유로웠던 예전의 그 기억이나마 떠올려 보았다. 하지만 부랑아로 낙인이 찍힌 자에게 과연 진정한 자유가 있었던가? 오히려 누명을 쓰고 이 지옥으로 끌려오지 않았던가! 용운은 추억 속에서 입술을 깨물었다.

고아원을 탈출한 용운은 다시 거리를 떠돌았다. 그 무렵 가장 흔하던 직업 중의 하나가 넝마주이였다. 서울에만 해도 한 동네에 하나씩은 있다시피 했다. 난지도의 쓰레기장에는 부랑인들이 모인 넝마막들이 헤아릴 수조차 없을 정도로 늘어서 있었다.

용운은 넝마주이 일을 하기로 했다. 종이 값이 똥값이라 하루 종일 뒤적이며 돌아다녀 봤자 입에 풀칠하기도 바빴다. 정당하게 작업해서 먹고 살기가 아주 힘들었다. 적당한 물건만 눈에 띄면 사방을 살펴보다 얼른 바구니에 담고는 도망치곤 했다. 하다못해 어떤 이는 한약방 앞에서 말리는 감초 등을 집어 오기도 했고, 설거지를 하려고 내놓은 그릇이나 좌우간 푼돈이라도 될 만한 것은 마구잡이로 집어왔다. 그러나 용운은 그러지 않았다. 무슨 도덕군자라서가 아니라 잃어버린 사람의 마음이 얼마나 지랄맞을지 짐작이 갔기 때문이었다.

어느 날 대바구니를 메고 가정집 앞의 쓰레기통을 뒤지는데 깨끗한 종이뭉치로 싸놓은 물건이 눈에 띄었다. 우선 얼른 집어 던져 넣고는 한적한 곳으로 가서 남의 눈을 피해 펼쳐 보니 금반지였다. 가슴이 펄떡거렸다. 주머니에 얼른 넣고는 넝마 줍기고 뭐고 다 그만두고 막사로 돌아왔다. 막사에 도착한 용운은 아무에게도 말하지 않고 조장인 정필이 형에게 살짝 보여 주었다.

"와, 횡재수군! 꽤 나가겠는걸. 이따 저녁에 우리 둘이 종로에 나가서 팔자."

"예."

혼자 슬쩍 처분하면 목돈을 만질 수도 있겠지만 아직 그런 주변머리가 없었다. 저녁이 되자 용운은 정필이 형과 같이 종로로 나갔다. 금은방 주인이 그들을 한번 쓱 쳐다보더니 물건을 살피고는 잠깐 기다리라고 했다. 주인 옆에 있던 여직원이 돈이 모자라 가지러 간다더니 잠시 후에 경찰과 함께 왔다. 둘은 경찰서로 끌려갔다. 들어서자마자 경찰은 그들의 턱을 한 주먹씩 올리곤 다짜고짜 캐기 시작했다.

"개새끼들, 이거 어디서 훔친 거야?"

"우리 꼬마가 쓰레기통에서 주웠다면서 갖구 왔습니다."

정필이 말했다.

"뭐? 새끼들 계속 오리발 내밀래? 야, 꼬마 니가 주웠다구?"

"예, 정말이에요."

"어디서?"

"쓰레기통요."

"새끼가 누굴 약 올리나! 임마, 누가 금반지를 쓰레기통에다 버리겠어, 응? 너 이리 따라와!"

경찰은 용운을 어두컴컴한 취조실로 데리고 들어갔다. 안에 들어서자마자 뒤따라 들어온 다른 경찰이 달려들어 손을 뒤쪽으로 돌려 밧줄로 묶더니 두 손목 가운데로 각목을 끼워 넣었다. 그러고는 양쪽 책상 사이에 걸쳐 놓았다.

"아앗!"

용운은 비명을 내질렀다. 어깨의 뼈마디가 빠지고 으스러지는 것 같았다.

"도둑놈 새끼! 하루 종일 비행기 태우기 전에 빨리 불어. 어디서 훔쳤어?"

"정말, 정말 주운 거예요."

용운은 떨면서 경찰이 들고 있는 주전자를 바라보았다.

"너 괜히 물 먹고 고생한 다음에 불지 말고 좋게 얘기할 때 말해라."

"아저씨, 정말이에요. 그곳에 가 보면 알 거 아녜요?"

"분명히 초짜가 아니야."

험상궂게 생긴 경찰이 용운의 머리털을 잡고 뒤로 젖히며 물었다.

"너 금반지 훔친 것을 솔직히 고백해. 그러면 잘 봐줄 테니 말이야."

"아저씨, 정말로 주운 게 틀림없어요."

"자꾸 약 올리는군. 맛 좀 봐라."

물주전자를 들고 있던 경찰이 코에다 물을 붓기 시작했다. 용운은 숨이 막히고 정신이 몽롱해졌다. 난 결백하다. 그런데 왜 이럴까? 아무래도 범인을 잡기보다는 건수를 올리는 데 목적이 있는 것 같았다. 용운이 축 늘어지니까 경찰이 물 붓는 일을 중단하고 다시 물었다.

"맛이 어떠냐? 이제 바른 대로 말해, 어서!"

"바른 대로… 말할게요. 고무신, 그릇, 빨랫줄에 걸린 옷, 수없이 훔쳤어요…."

대바구니를 등에 메고 고물을 주우러 다니다 보면 헌 고무신이나 찌그러진 밥그릇, 넝마나 다름없이 떨어진 옷가지 따위가 눈에 띄었다. 용운은 그런 것을 집어야 할지 어쩔지 고민이었다. 특히 바구니가 텅 빈 채 하루종일 돌아다닌 날은 갈등이 심했다. 그래도 남의 물건을 훔친 적은 없었다. 용운이 고문을 못 이기고 경찰 앞에서 그런 소리를 한 것은, 그런 어떤 기억들이 한 가닥 죄의식을 불러일으켰기 때문이었다.

"짜식이 진작 그렇게 나와야지, 그럼 금반지는 어디서 훔쳤어?"

"그건 정말 훔친 게 아니라 쓰레기통에서 주웠어요. 그 집에 가서 물어 보면 되잖아요."

"아직 정신을 못 차렸구나. 좋아, 너 이 새끼, 만약 그 집에서 도난당했다고 하면 감옥 가는 줄 알아라."

"예."

용운은 아무리 배가 고파도 도둑질만은 하지 않았다. 예전에 엄마의 가르침이 있었기 때문이었다. 또한 언젠가 용운 자신이 무척 소중히 여기던 인형을 잃어

버려 무척 슬펐었고, 아직도 그걸 생각하면 가슴속이 허전해지기 때문이었다. 담당 경찰은 용운을 끌고 경찰서를 나와 물건을 주운 곳으로 갔다. 붉은 벽돌집의 대문을 두드리자 얼굴이 투실투실한 아줌마가 나타났다.

"실례합니다, 경찰에서 나왔는데요. 혹시 금반지 잊어버린 적 있습니까?"

아줌마가 반색을 하며 허연 턱을 떨었다.

"예, 그렇잖아도 쓰레기통을 뒤지고 법석을 떨었는데…. 누가 주웠나요?"

"도둑맞은 게 아닙니까?"

"네, 제 아들 녀석이 장난치느라고 종이에 싸서 자기 방에 감춰 두었는데, 식모애가 방을 치우다가 모르고 쓰레기통에 함께 버렸다지 뭐예요."

경찰은 김이 팍 새는 모양이었다.

"그럼 반지 찾으러 서로 나오세요."

경찰서로 오는 도중 경찰이 용운의 뒤통수를 툭 치면서 말했다.

"꼬마 너 운 좋았다. 만약 금반지 주인이 도난당했다고 한마디만 했더라면 넌 감옥 가는 거야, 임마."

용운은 눈을 똑바로 뜨고 말없이 그를 노려보기만 했다. 아무리 힘겨워도 남의 것을 훔치는 짓은 하지 말자고 삶의 좌우명으로 여기며 사는데 도둑이라니! 이제 점점 넝마주이에 요령도 생겨서 앞날에 대한 소박한 희망도 지닐 수가 있었는데…. 모든 게 서글퍼졌다.

경찰서에 도착해서 피의자 조서를 받았다. 하지만 용운의 대답에 구체성이 별로 없을 뿐더러 그런 사소한 일로 소년원으로 보내기는 아무래도 어려웠던 모양이었다. 그런데도 그 경찰은 허탕을 친 것이 좀 분했던지 '부랑아 일제 단속기간'

이란 점을 내세워 용운을 선감도 감화원으로 보내 버렸던 것이다.

지하 감방의 어둠 속에서 용운은 원통한 마음뿐이었다. 억울하고 분해서 잠을 잘 수도 없었다. 그런데 어느 순간 이런 생각도 들었다.

'나는 혹시 전혀 아무런 죄도 짓지 않은 착한 자인가? 사회가 아무리 잘못됐더라도 어쨌든 우리는, 나는 뭔가를 잘못하지 않았을까? 내가 사소하게 생각한 것도 남에겐 귀중한, 큰 일일 수도 있다. 차라리 죄가 있다고 생각하는 게 편하겠다. 지렁이를 밟아 죽인 죄, 나뭇가지를 꺾은 죄, 바람이 불 때 침을 뱉은 죄, 내가 모르지만 아마 내가 지은 죄가 있을 거야…'

용운은 뒤척이다가 까무룩 잠이 들고 말았다. 그는 꿈을 꾸었다. 어슴푸레한 새벽 들판에 박꽃 누나가 등을 돌린 채 서 있었다. 용운이 큰 소리로 부르자 천천히 뒤돌아보았는데, 누나의 흰 얼굴에 눈이 없었다. 깜짝 놀란 용운이 큰 소리로 부르며 뛰어갔지만 누나는 기다려 주지 않고 걸음을 옮기기 시작했다. 문득 그 뒷모습에서 정다운 목소리가 들려왔는데 그건 엄마의 목소리처럼 느껴졌다. 용운이 아무리 소리치며 달려가도 아득히 멀어져 갈 뿐 뒤돌아보지 않았다. 누나가 걷는 속도보다 용운의 뜀박질이 훨씬 빠를 텐데도 이상하게 간격은 조금도 좁혀질 줄 몰랐다.

낭떠러지가 불쑥 나타난 건 그때였다. 용운은 그 자리에 얼어붙고 말았다. 걸어보려 했지만 웬일인지 다리가 굳어 움직여지지 않았다. 그

수상한 선감학원과 삐에로의 눈물

런데 괴이하게도 박꽃 누나는 돌멩이를 하나씩 주워 주머니 속에 가득 채웠다. 그러더니 낭떠러지 앞의 허공을 그대로 걸어 물속으로 떨어지는 게 아닌가! 누나는 물거품만 남긴 채 다시는 수면 위로 떠오르지 않았다. 돌멩이의 무게 때문이었으리라. 용운은 그 자리에 선 채 울고 또 울었다.

밤새 다른 악몽에도 시달리곤 했으나 눈을 뜨니 내용은 흐릿해졌다. 외부에서는 아무런 기척이 없었고 음식물도 전혀 들어오지 않았다. 용운은 고무신에다 오줌을 받아 마셔야만 했다.

'아, 나는 왜 여기서 이러고 있어야 하는가?'

용운은 괴로워하며 이리저리 뒤척거렸다. 생각할수록 슬펐다. 뒷산에서 두견새 울음소리가 들려왔다. 그것은 구슬펐지만 평소처럼 한 맺힌 자신의 가슴을 긁어 올려 피를 토하는 듯 한 소리는 아니었다. 어딘지 좀 겁에 질린 성싶은 어린 두견이의 울음이었다.

'고향의 천왕산에서 울곤 하던 뻐꾸기 울음소리가 그리워…'

백곰과 성황당

꼬박 사흘이 지난 후에야 용운은 지하 감방에서 풀려 나올 수 있었다. 사흘이었지만 용운에게는 몇 달, 혹은 몇 년이 훌쩍 흐른 듯이 여겨졌다. 박혀 있던 시간의 나이테가 풀려 그런 혼란을 일으키는가 보았다.

암담한 나날의 연속이었지만 세월은 유수처럼 흘렀다. 선감원에 수용된 지도 까마득하게만 느껴졌다. 그 순간의 괴롭고 지루한 시간들이 모이고 모여 어느덧 1년, 2년, 3년…, 세월이 속절없이 흘러가고 있었다.

복사꽃이 한 잎 두 잎 떨어져 날리던 날이었다. 경찰 두 명이 배를 타고 선감도로 들어왔다. 그들은 곧장 선감학원의 본관으로 들어가더니 얼마 후 원장을 비롯한 지도부장 선생들과 함께 나와 마을 이장 집으로 갔다.

용운은 소문을 듣고 대충 알았다. 그들은 이장과 함께 오랫동안 의논을 했다고 한다. 경찰이 누런 봉투 속에서 공문을 꺼내 이장에게 보여 주었다. 내용은 '미신 타파를 위한 성황당 철거'였다. 건전한 정신 생활문화를 조성하기 위하여 성황당을 헐어 없애고 성황목을 베어내며 무당업을 엄중 단속한다는 것이었다. 들일을 나갔던 주민들도 몇 사람 참석하여 설왕설래가 벌어졌으나 결국 '혁명 정신을 고취하고 새마을 운동을 전국적으로 펼치기 위한 중요 사업이므로 아무도 방해할 수 없다'라는 방침에 따라 실시하기로 결정되었다.

각 반에서 인원이 차출되어 작업조가 꾸려졌다. 용운도 그 속에 끼여 있었다. 보리밭 둑길을 걷고 있을 때였다. 문득 백곰이 슬쩍 다가오더니 빙긋 웃으며 작게 접은 쪽지 하나를 내밀었다.

"또 누나에게 갖다 주라구요?"

용운은 좀 찌푸린 표정으로 물었다.

"아냐, 나중에 너 혼자 읽어 봐."

"예?"

용운은 백곰을 쳐다보며 고개를 갸웃거렸다.

"너 그동안 나 때문에 수고했지?"

"예?"

"아무튼 미안해. 나도 그런 생각이 들긴 했지만 이곳이 워낙 그렇고 그런 곳이다 보니…."

"……."

용운은 묵묵히 백곰의 눈을 바라보다가 슬쩍 외면해 버렸다.

"그건 그렇고, 너 이젠 엄마 찾는 걸 포기했냐?"

백곰이 느닷없이 물었다.

"예?"

"짜식아, 그동안 엄마 찾으려고 탈출이니 뭐니 별 지랄 다 했잖아."

"……."

"사내자식이 결심을 했으면 떫은 감이라도 씹어 삼켜야지, 응? 소원을 이루길 바란다."

"예?"

"쪽지 잘 읽어 봐."

백곰은 다시 씩 웃곤 스쳐가 버렸다.

용운은 궁금증을 못 이겨 뒤로 슬쩍 처져 걸으며 쪽지를 폈다. 거긴 의외의 내용이 깨알같이 적혀 있었다.

아마 내가 주는 마지막 선물이 될지도 모르겠군.

누구나 탈출 때 곧장 마산포까지 헤엄칠 생각만 하는데 그건 자살골이나 마찬가지야. 마을 어부들 외엔 비밀이지만, 한 달에 한 번쯤 헤엄을 안 치고도 건널 수 있는 시간이 있어. 바로 사리 때인 초이렛날 새벽 세 시쯤이다.

물이 빠지면 마산포로 향하지 말고 털미 쪽으로 가야 한다. 물이 다 빠져 뻘 속을 걸을 수가 있으니까. 이어 털미에서 또 어도로 가야 하는데 그게 문제다. 털미에서 어도까지는 황새울에 물이 흐르고 있는데 폭이 무척 넓어. 그러니 아래쪽으로 돌아 넓게 원을 그리면서 서너 시간 걸으면 황새울이 차츰 얕아져서 건너게 돼. 그러다 보면 마산포로 가기 전에 다시 물이 들어온다. 거기서 더 가지 말고 어도에 숨어서 기다렸다가 기회를 보아 물이 얕고 잔잔해지면 전속력으로 건너야 한다. 그럼 성공을 빌게.

추신: 정보를 입수한 지는 제법 되었다. 그런데 내가 왜 탈출하지 않았는지 궁금하겠지? 반장질 해먹는 재미 때문이었다고 해두자. 이제부턴 어떻게 될지 모르겠다. 만약 무슨 일이 생긴다면 네가 기회 되는 대로 그 누나를 잘 좀 살펴 주길….

용운은 혹시 백곰이 자기를 궁지에 몰아넣어 죽이기 위해 술수를 쓸지도 모른다고 생각하곤 조심하기로 했다. 하지만 왜? 내 마음이 사악하니 이런 의심마저 드는구나 싶어 부끄럽기도 했다. 그는 정말 반장질 해먹는 재미 때문에 탈출하지 않았을까? 하지만 이젠 반장도 아니고 원장과 사감 선생들의 눈총을 받고 있는 신세가 아닌가. 그렇다면? 혹시 박꽃 누나 때문에 차마 나가지 못하는 게 아닐까, 하는 생각이 들었다. 그런데 그자가? 무슨 일이 있으면 누나를 보살펴 주길 바란다니 대체 무슨 소릴까?

용운은 혼란스런 머리로 골똘히 생각에 잠겼다. 그때 갑자기 바로 뒤에서 작게 키득거리는 소리가 났다. 용운은 깜짝 놀라 고개를 돌렸다. 그 순간 똥파리라고 불리는 아이가 잽싸게 쪽지를 낚아채더니 멀찍이 달아나며 혀를 쏙 내밀어 보였다. 하는 짓이 지저분하고 추근추근해서 똥파리에 거머리까지 별명이 두 개인 유일한 놈이었다. 그는 슬슬 옆걸음질을 치면서 쪽지의 내용을 읽어 보았다.

"흐흥, 아까부터 뭔가 냄새가 나서 사르르 뒤따랐더니 건데기가 있긴 있었군."

"야, 그것 이리 내놔."

용운은 목소리를 낮춰 말하며 쫓아갔다.

"일급 비밀문서를 맨입에 그냥 내놓으라구? 자식이 염치도 없군."

"그럼 어쩌라구?"

"뭘 어째, 어쩌긴. 다 니가 하기 나름이지. 헤헤."

"뭘 원하는 거지? 난 가진 게 없어."

"없긴 왜 없어, 이 멍청아. 밥도 있고 빵도 있잖아. 그리고 일을 대신해 줄 수도 있고… 헤헤, 아마 찾아보면 더 있을 거야."

"그럼 매일 배급받은 빵을 줄게. 그걸 돌려주고 꼭 비밀을 지켜."

"헤헤, 이제야 좀 알아듣는군. 이 쪽지는 내가 나중에 변소에 가서 찢어 버릴 테니까 걱정을 말어."

그렇게 해서 좀 불안스럽지만 비밀계약이 성립되었다. 용운은 한편으론 그러고 싶지 않았지만 백곰에게 피해가 갈까 봐 어쩔 수가 없었으며, 자기 자신도 이미 찍힌 몸이라 두렵긴 마찬가지였다.

선착장에서 마을 입구로 들어가다가 당산으로 빠지는 기슭에 성황

수상한 선감학원과 삐에로의 눈물

당과 성황나무가 서 있었다. 오래된 성황당은 낡아서 쓰러질 듯했으나 그 속에 신령한 기운이 감돌았다. 대대로 마을의 안녕을 빌고 조상의 은덕에 감사하며 집안의 행복을 기원하던 성황나무에는 붉고 흰 헝겊 조각이 걸렸고 그 옆엔 돌무더기가 탑처럼 높게 쌓여 있었다.

작업조는 먼저 그 돌탑부터 허물어 냈다. 긴 세월 한 개 한 개 소망을 담아 쌓아올렸던 탑이 한꺼번에 우르르 무너져 내리는 꼴을 마을 사람들은 멀찍이서 애잔한 눈으로 바라보았다. 이어 성황당의 문짝을 떼어내고 황토벽을 허물었다. 제단에 놓여 있던 신불상(神佛像)과 퇴색한 탱화, 제기, 종이꽃 따위를 끄집어내어 불태웠다.

불길이 활활 솟구쳐 오르고 있을 때였다. 마을 구석의 샛길 쪽에서 어느 늙수그레한 여인이 소리를 지르며 달려오고 있었다. 그 뒤에서 흰 옷을 입은 젊은 여자가 절뚝거리며 따라왔다.

"아, 누나!"

용운은 입속으로 중얼거렸다. 늙은 여인은 헝클어진 반백의 머리카락이 어지러운 이마에 주홍색 띠를 두르고 있었는데 첫눈에 봐도 병색이 완연했다. 그래도 그녀는 타오르는 불꽃보다 더 붉게 충혈된 두 눈을 이글거리며 외쳤다.

"천벌을 받으려고 이런 짓을 하는 거야! 제발 그만둬!"

그녀는 허물어져 버린 성황당을 쳐다보며 통곡을 하더니 곧 눈길을 돌려 불길 속에서 일그러져 가는 신불상을 구하기 위해 불속으로 뛰어들려 했다. 톱으로 성황나무를 베던 원생들도 잠시 손을 놓고 바라보았다.

"저까짓 게 뭐가 중요하다고 그러쇼? 낡은 것은 다 태워 버리고 새로운 마음으로 새마을을 건설해야 한단 말이오!"

왕거미 사장이 늙은 여인을 휙 밀쳐내며 말했다.

그녀는 쓰러져 성황당 담벽에 머리를 찧었다. 피가 흰 머리카락을 붉게 물들이며 흘러 내렸다. 흰 옷을 입은 절뚝발이 여자가 "엄마!" 하고 울음을 터뜨리며 절뚝절뚝 뛰어가 노인을 감싸 안았다. 흰 저고리와 치마에 선혈이 떨어져 번졌다. 그녀는 의식을 잃은 엄마를 흔들며 뒷산의 두견새보다 더 서럽게 울었다.

용운은 저도 모르게 이를 악물곤 입술을 부르르 떨었다.

그때였다. 한쪽에 서 있던 백곰이 성큼 왕거미 사장 앞으로 다가갔다.

"이 일이 얼마만큼 중요한지 잘 모르지만 사람을 저렇게 해도 되는 거야?"

"뭐라구? 흥, 그래 네 놈도 같이 미쳤나 보구나. 병신 같은 계집년에게 홀리면 뵈는 게 없나 보지? 흐흐흐…."

"뭐?"

백곰의 눈이 잠시 땅바닥에서 흐느끼는 여인에게로 갔다가 곧 왕거미 사장을 쏘아보았다.

"어? 이 새끼가 어따 대고 눈깔을…."

"욕하지 마!"

"뭐, 뭐야. 이 새끼가?"

수상한 선감학원과 삐에로의 눈물

"욕하지 마라!"

"아니, 이게 뒈질라고 환장을 했나?"

말을 끝내기도 전에 사장은 백곰의 턱을 정통으로 걷어찼다. 짧게 터져 나오는 백곰의 비명이 메마른 바람소리 같다고 느껴졌다. 그것도 잠깐, 백곰은 상의 앞섶을 확 풀어 젖혔다. 단추가 후드득 뜯기며 사방으로 튀었다.

"개새끼, 이런 데 와서 같은 처지에 사장질 해 처먹는 게 무슨 큰 출세라도 한 걸로 아나 보군. 이 새끼야, 너도 똑같은 원생 신세란 걸 알아?"

"이 새끼, 죽어!"

사장이 번개같이 달려들어 백곰의 목을 찔렀다. 백곰이 몸을 구부리는 순간 사장은 그의 사타구니께를 힘껏 걷어차며 몽둥이로는 뒷덜미를 후려갈겼다. 급소를 연타당한 백곰은 앞으로 고꾸라지는 것 같았다.

그러나 땅에 손이 닿는 순간 곧 공중에서 몸을 한 바퀴 회전시키며 동시에 왕거미 사장의 복부와 면상을 양발로 연속적으로 후려치곤 제자리에 우뚝 섰다.

"저 새끼를 잡아라! 목줄기를 따서 잡아 오는 자에게 사흘간 특식을 내리겠다! 어서 잡아와!"

원장의 명령이 내리자 수십 명의 원생들이 아귀다툼을 벌이며 백곰에게로 달려들었다. 귀뚜라미에게 달려드는 개미떼와 비슷해 보였다. 결국 백곰은 제압당해 두 손이 뒤로 묶인 채 원장 앞으로 끌려갔다. 그 모습을 박꽃누나가 말없이 지켜보고 있었다. 원장은 다짜고짜 백곰의 초췌한 뺨을 연거푸 올려붙이고 나서 말했다.

"넌 이곳에 더 이상 있을 필요가 없는 암세포다!"

붉은 완장을 찬 대원들이 원장의 지시에 따라 백곰을 끌고 갔다. 백곰은 아무런 반항도 하지 않고 순순히 걸었다. 용운은 망설이다가 저도 모르게 뒤따라갔다.

"반장님!"

"걱정 마, 임마."

백곰이 말했다. 이어 그는 용운 쪽으로 상체를 기울이더니 작게 속삭였다.

"잘 있어."

그는 말은 용운에게 하면서 눈길은 박꽃 누나에게 가 있었다.

그 후로 어디서도 그를 볼 수가 없었다. 머나먼 고하도 감호소로 이송되었다고도 하고, 군대로 끌려갔다는 소문도 떠돌았다.

그런데 그 이후로 마을에서 외떨어진 방파제 쪽에 다시 귀신이 나타난다는 소리가 들렸다. 흰 소복 차림으로 밤바다를 바라보며 슬프게 흐느낀다는 것이었다.

용운은 얼마 후 어렵사리 기회를 잡아 무당집의 누나를 한번 찾아가 보았는데, 허물어진 초가집 한 구석에서 박꽃 같은 미소를 희미하게 지었긴 해도 용운이 누군지 알아보지는 못했다. 용운은 안타까웠다. 하

수상한 선감학원과 삐에로의 눈물

지만 이젠 백곰 반장의 후원마저 없었으므로 오래 머물지 못하고 몇 번이나 뒤돌아보며 급히 선감원으로 돌아오고 말았다.

마지막으로 몇 떨기 남아 봄 얘기를 속삭이던 복사꽃이 흙바람에 떨어져 휘날리던 날 오후, 방파제에서 좀 떨어진 바다에서 흰 옷에 치렁치렁한 머리카락을 늘어뜨린 여인이 히히 웃으며 헤엄쳐 가다가 발견되었다는 소식이 들려왔다. 그 머리 위에서 노란 나비 한 마리가 날아다녔다고 말하는 사람도 있었다.

그때부터 똥파리는 용운에게 지급된 빵뿐 아니라 밥도 기회를 보아 야금야금 훔쳐 갔다. 찢어 버린다던 쪽지도 어디 감춰두었던지 용운이 좀 불만을 드러내면 슬그머니 꺼내 빚 문서처럼 보여 주며 징그럽게 웃으면서 무언의 협박을 했다. 무슨 빚쟁이한테 물린 것도 아니고, 전생에 악연이라도 있는 거머리같이 애를 먹이는 바람에 용운은 반쯤 미쳐 버리고 싶을 정도로 징글징글했다.

용운의 키는 자연의 섭리에 의해 조금씩 크고 있었지만 몸은 비쩍 말라 볼품없었다. 그 대신 남의 음식을 뺏어서 양껏 처먹은 똥파리는 점점 살이 올라 통통한 모습이었다. 그뿐이라면 참을 만했다. 똥파리는 어깨를 주물러 달라거나 손톱 발톱을 깎아 달라는 등 시도 때도 없이 요구했다. 용운은 더 이상 견딜 수가 없어 무슨 수라도 내야 한다고 생각하고 있었다.

그런 어느 날, 작업 담당 구역에 도착한 원생들은 곧 임무를 받았다.

용운은 보릿단 운반조였다. 낮질 조가 보리를 베어 놓고 가면 그것을 다발로 묶어 건너편의 빈 논으로 옮겨다 세우는 일이었다. 한동안 보릿단과 씨름을 하다 보니 옷 속으로 꺼끄러기가 들어가 몸이 말할 수 없이 따갑고 근질거렸다. 새참 때가 되자 언제나처럼 밀빵을 한 개씩 나눠 주었다. 그걸 받아들고 풀 위를 골라 앉았다.

먼발치로 드넓은 염전의 구획선이 모형판처럼 선명하게 바라보였다. 수용소에서 고용한 부락민들과 차출된 열댓 명의 원생들이 뒤섞여 한창 고무래로 소금을 긁어모으는 중이었다. 저수지를 통하여 유입시킨 바닷물이 '난치'라 불리는 몇 단계의 증발지를 거치면서 농축되고, 그것이 마지막 결정지에 모여 태양열과 건조한 바람을 받고 새하얀 소금으로 탄생하는 것이었다.

염전과 농장의 중간쯤에서 쉬고 있는데 똥파리가 실실 웃으며 다가왔다. 용운은 입맛을 다시며 빵을 내밀었다. 그런데 웬일인지 똥파리는 고개를 흔들었다.

"그건 네가 먹어. 그 대신 다른 부탁을 좀 들어 주면 좋겠어."

"뭔데?"

똥파리는 은밀한 미소를 지었다.

"있잖아, 넌 몸이 야들야들해서 여자 같은 느낌이 들어. 그래서 얘긴데…."

"뭐?"

"놀라긴 뭘 놀라. 절름발이 여자를 백곰이랑 둘이서 같이 하나는 짝

　　　　　수상한 선감학원과 삐에로의 눈물

사랑하고 하나는 풋사랑했던 모양인데, 이젠 죽어 버렸으니 아무 소용 없잖아. 그러니 그 정을 나에게로 돌려. 내 시녀가 되라구.”

똥파리는 유들유들 웃으며 지껄였다.

“뭐라구?”

용운은 부르르 떨더니 저도 모르는 새 벌떡 일어나 똥파리에게 주먹을 날렸다. 똥파리의 코에서 불그죽죽한 피가 뚝뚝 떨어졌다.

“이 새끼가!”

피를 본 똥파리는 상을 일그러뜨리더니 괴성을 지르며 용운에게 달려들었다. 용운은 슬쩍 피하면서 그의 팔을 잡아 엎어치기로 메어꽂았다. 그러곤 쓰러진 똥파리 놈 위에 걸터앉아 양 뺨을 이리저리 갈겼다.

“이 개새끼 차라리 죽어!”

원생들이 하나 둘 와 둘러서서 구경을 했다. 편 가르기 좋아하는 원생들은 벌써 응원을 시작했다.

“영농반 이겨라!”

“염전반 이겨라! 어서 힘내!”

똥파리는 볼때기가 시뻘게져서 발버둥을 치다가 일순 용운의 손을 낚아채더니 아귀처럼 깨물었다. 용운은 아픈 줄도 모른 채 씩씩거리며 한쪽 손으로 놈의 목을 꽉 눌렀다. 그때 왕거미가 성큼성큼 걸어오더니 용운의 뒤통수부터 냅다 후려쳤다.

“이 쌍놈들이 비싼 밥 처먹고 무슨 개쌈질이야! 즉시 떨어져서 꿇어 앉아!”

사장은 둘의 귀싸대기를 한 차례씩 오달지게 올려붙이고 나서 재우쳐 물었다.

"무슨 일이야?"

똥파리가 코피를 훔치며 능청맞게 주워섬겼다.

"이 자식이 탈출 음모를 꾸미고 있기에 그러지 말라고 좋게 충고를 했더니 냅다 폭행을 했습니다."

"뭐라구? 너 이 개새끼, 정말이야?"

"저, 그게 아닙니다. 저는 이제 탈출이라는 말만 들어도 치가 떨립니다."

"거짓말이에요! 제게 증거가 있는걸요."

"뭐야? 두 놈 다 당장 따라와. 야, 스라소니, 끌고 와!"

사장은 씹어뱉듯 명령한 뒤 본부 건물 쪽으로 걸음을 옮겼다. 용운은 음흉스레 빙긋 웃음을 날리는 똥파리를 암담한 눈으로 바라보았다.

그 후 소문이 어떻게 퍼졌는지 사리 날에 탈출자가 더러 생겼지만 선감원 측에서도 만반의 대비를 했으므로 결코 쉬운 일이 아니었다. 그래도 요행을 바라고 탈출하다가 총에 맞아 죽거나 붙잡혀 반병신이 되도록 두드려 맞는 아이들이 있었다. 그 뒤로부터 탈출 시도는 목숨을 걸지 않으면 불가능한 짓으로 여겨졌다.

수상한 선감학원과 삐에로의 눈물

숨겨진 날개

다시 여름이 왔다. 태양 빛과 매미소리는 작년과 비슷해도 똑같은 여름은 아니었다.

그 즈음 원생들 사이에서 불길한 소문 하나가 떠돌았다. 탈출 전과자 등 꼴통들을 골라 악명 높은 고하도 감화원으로 보낸다는 것이었다.

용운은 가슴이 덜컥 내려앉았다. 그렇잖아도 마음 한 구석에 어두운 예감 같은 게 깃들곤 했던 터였다. 그토록 말썽을 일으켰는데도 원장이나 담당 선생으로부터 호출 한번 없는 것도 미심쩍었다. 요 근래에는 마치 의붓자식 대하듯 무정하고 매서운 감시의 눈초리만 받을 뿐이었다. 용운은 너무 불안하고 초조해서 밥조차 제대로 삼키기가 어려울 지경이었다.

용운은 탈출에 대해 좀 더 현실적으로 깊이 생각하고 있었다. 그리고 과거의 실패에 대해 나름대로 분석하는 중이었다.

첫 번째 탈출은 의타적인 면이 강했다. 그때 그 발동선을 타고 가 성공을 했더라면 물론 좋았겠지만, 실패한 이상 문제점을 따져 더 나은 방식을 모색해야 한다고 생각했다. 어떤 한 가지 문제는 그것으로 끝나는 것이 아니고, 생활 속의 다른 문제와도 연결되어 있다는 것을 그동안의 고생을 통해 어렴풋이나마 느꼈기 때문이었다.

두 번째의 실패 원인은 자기 자신의 능력을 제대로 알지 못하고 공상적으로 추진한 데에 있었다. 만약 수영 실력이 갖춰졌더라면 뗏목이나 널빤지 따위에 연연하지 않고도 바다를 건너 유토피아에 가 닿지 않았을까 하고 생각했다.

백곰이 가르쳐 준 방법은 시도할 가망이 별로 없었다. 감시가 심하기 때문이기도 했지만, 밤에 혼자 바다에 뛰어든다는 것은 쉬운 일이 결코 아니었다. 더구나 헛소문이라고는 하지만 귀신 얘기까지 흉흉하게 나도는 섬이고 보면…. 캄캄한 바다에서 어디를 어떻게 헤매다가 죽을지 모를 노릇이었다. 그 때문에 용운은 간조 시간과 물을 건너는 방법을 찾기에 고심하느라 밤새 머리를 굴리곤 했다.

탈출 시도는 세 번째가 되는 셈이었다. 잡힐 때마다 어떤 고초를 치렀는지는 새삼 말할 필요도 없었다. 이제 용운은 수용소 전체가 공인하는 요시찰 제1호가 되었다. 당연히 불침번 명단에서도 제외되었다. 불침번을 서게 한다는 것은 마음 놓고 나가라는 말과 마찬가지였던 것이다. 밤에 화장실조차 마음대로 갈 수 없었다. 아무리 용변이 급해도 다른 동행자가 일어나기 전까지는 내보내 주지 않았다. 왕거미 사장은 한 번만 더 그 짓을 하면 지옥으로 보내겠다고 했다.

그러나 이보다 더한 지옥이 또 있을까? 그런 것들로 해서 탈출의 의지가 꺾이진 않았다. 더 이상 모정의 그리움 때문만이 아니었다. 자유가 그리웠다. 사감이나 스라소니가 말하는 그런 자유가 아니었다. 남을 구속하지 않고 남에게 구속되지도 않고 자신의 노력으로 꿈을 펼쳐 나가는 자유.

수용소 생활이 소름끼치도록 지긋지긋했다. 거듭된 탈출 실패가 미련의 응어리로 퇴적되면서 이젠 정말 안 나가면 죽는다는 강박관념까지 생겼다. 그것은 무의식의 소망 같은 것이기도 했다. 하루를 살다 죽어도 밖에 나가 자유를 누렸으면 더 이상 원이 없을 것 같았다. 또한 점차 나이가 들어감에 따라 자신의 실체를 찾아보고 싶은 욕망도 한층 강렬하게 생겨났다.

'내가 지금의 이 꼴이 된 원인은 무엇인가? 엄마를 홀린 가난은 지금도 선량한 사람들을 괴롭히고 있겠지? 나는 누구의 자식이며 어떤 집에서 태어난 것일까? 아, 혹시 내가 대궐의 왕자 같은 신분은 아니었을까?'

그런 궁금증은 꽃버섯처럼 자꾸 피어나서 의식만으론 제어할 수가 없는 과대망상으로 변하는 것이었다.

뻐꾸기 울음소리와 두견새의 절규는 사람 마음속에 남아 있는 일말의 순정과 진실을 일깨우려고 신이 보낸 정령의 목청인 듯싶었다. 그 소리를 듣노라면 고향의 모정이 사무치게 그리워지고, 선감원이란 공간이 무간지옥의 밑바닥처럼 여겨졌다.

마침내 용운은 목숨을 걸고 최후의 결행을 하기로 했다. 간조를 택해 수영으로 바다를 건너보겠다는 생각이었다. 위험하기 짝이 없는 생각이었지만 더 이상의 방법이 없었다.

일단 수영부터 제대로 배우기로 했다. 눈여겨 둔 아이가 있었다. 해마다 6월 중순쯤 되면 다소 이른 철임에도 원생들은 휴식시간 틈틈이 저수지에 뛰어들어 물장난을 하곤 했는데, 거기서 수영에 능통한 원생 하나를 발견했던 것이다.

"야, 너 수영 한번 기차게 하더라. 어디서 배웠냐?"

"거야 뭐, 인천 앞바다가 고향이니까."

"아, 그래? 그런데 수영하면 몸이 튼튼해진다는 게 사실이니?"

"자식, 싱겁긴."

"앉았다가 일어나기만 하면 핑 도는데 이거 몸이 약해 그런 거지? 나한테 수영 좀 안 가르쳐 줄래?"

"수영이라. 뭐 크게 어렵겠냐. 하지만 공짜로?"

"그 대신 내가 매일 빵을 줄게."

"빵을?"

"어차피 나는 싫어하는 건데 뭐."

"뭐, 그렇다면 가르쳐 주는 거야 어렵지 않지."

그날 오후부터 수영 연습을 시작했다. 그러나 다른 원생들을 의식해서 최대한 자연스러워야 했다.

"어푸푸! 아, 잘 안 돼….."

"너무 조급하게 구니까 그렇지. 팔 동작을 넓고 부드럽게 하라구."

용운은 열심히 배웠다. 어느 정도는 할 수 있었던 개구리헤엄과 더불어 새롭게 모자비헤엄도 배웠고, 가장 힘이 적게 든다는 송장헤엄도 배웠다. 일주일쯤 하자 어느 정도 요령이 붙기 시작했다. 특히 송장헤엄은 속도는 느렸지만 힘이 별로 들지 않아 무한정 갈 것 같았고, 염분이 많은 바닷물이라 그런지 물 위에 편히 누웠는데도 몸이 잠기지 않고 얼굴 위로만 물이 약간씩 살랑대는 맛이 묘미였다.

"이제 내가 없어도 되겠다. 인제부터 너 혼자 반복적으로 연습해."

수영 스승이 점잖게 말했다.

그날부터 용운은 체계적인 전략을 세우고 혼자 연습에 임했다. 아침과 저녁으로 팔의 힘을 기르기 위해 턱걸이와 팔굽혀 펴기를 하고, 수영 거리는 매일 10미터 이상씩 늘려 가기로 목표를 잡았다. 개구리헤엄과 모자비헤엄으로 나가다가 힘이 부치면 송장헤엄으로 하고, 또 체력의 고른 안배를 위해 리듬을 정해 놓고 반복 훈련을 했다. 어느 날 저녁, 식당에서 막 나오는데 삐에로가 기다리기라도 했던 것처럼 따라붙었다.

"야, 같이 가."

"응, 형 어서 와."

"너, 이제 수영에 자신이 좀 생겼냐?"

"운동 삼아 하는데 자신이고 뭐고가 어딨어?"

"짜식, 시치미 떼기는…. 하여튼 돌아오는 그믐날 나랑 같이 토낄 각오하고 있어."

"뭐?"

"놀라기는. 너도 알겠지만 지난번에 한번 뒈질 뻔하다 산 뒤로 기가 팍 죽어서 도통 용기가 안 나더라. 그렇지만 이대로 있을 수만은 없잖아. 뒈지든 살든 다시 한번 부딪쳐 봐야지."

"그랬었구나. 난 또…."

"왜? 경계할 놈으로 보였냐?"

"아니, 뭐 그렇다기보다…. 근데 왜 그믐이야?"

"그날은 음력으로 사리잖아."

사리란 한 달 중 가장 물이 많이 빠지는 날을 뜻했다.

"쳇, 언제는 그런 날이 없어서 못 나갔나? 많이 빠져 봐야 거기서 거기지."

"야, 그럼 왕창 빠진다면 여태껏 누가 안 나가고 있겠냐?"

"근데 형은 그렇게 고생하고도 또 도망칠 자신 있어?"

"남말 하고 있네. 그러니까 뒈질 각오한다는 거 아니냐? 그리고 누군 뭐 틈틈이 연습 안 하는 줄 아냐?"

"그랬군."

"하여튼 그날 물 빠지는 시간은 새벽 3시쯤부터니까 각오 단단히 해 뒤."

"알았어."

"죽기 아니면 살기지 뭐."

둘은 그날을 대비해 작전 계획을 세웠다. 작업 때마다 주는 밀빵을 탈출 3일 전부터는 먹지 말고 모아둔다는 거였다. 탈출 직전에 먹기 위해서였다. 그날 새벽에 불침번들이 교대하는 것을 신호 삼아 자리에서 일어나기로 했다. 물이 3시쯤부터 빠지기 시작하니 바닥이 충분히 드러나도록 30분 가량 기다리다가 나간다는 계산이었다.

"형, 그날 밤 화장실 가는 척하려면 런닝구와 팬티 차림 그대로여야 하는데…, 옷은 어쩔 거야?"

"그냥 그대로 나가지 뭐. 어차피 수영을 하려면 벗어야 하기도 하지만, 일단 마산포에만 도착하면 걸어 놓은 빨래 정도야 없겠니."

"알았어."

둘은 씩 웃으며 손을 잡았다.

그 순간, 용운은 나뭇가지를 떠나 드넓은 하늘을 훨훨 날아가는 푸른 새를 보았다. 그건 환상이 아니라 현실이었다. 용운은 그 새의 날갯짓을 바라보며 입가에 미소를 머금었다.

'그래, 이젠 그 날갯짓이 끝없는 자유만이 아니라 살아나기 위한 싸움이라는 걸 안다. 그래도 그 싸움을 사랑하고 싶다.'

용운은 입속으로 중얼거렸다.

삐에로는 나를 보고 울고 있지

드디어 기다리던 날이 왔다.

전날 아침부터 개간사업에 내몰려 전에 없이 고된 하루를 보낸 원생들은 자리에 눕기 무섭게 코를 골았다. 용운은 삐에로와 약속한 대로 3시까지 잠들지 않고 기다리기로 했다. 하기야 잠이 오지도 않았다.

그런데 막상 떠난다고 생각하니 심정이 착잡하지 않을 수가 없었다. 좀 우습긴 했지만, 엉큼하고 무지막지하던 백곰 반장이 탈출 방법을 알려 준 것도 콧날을 찡하게 했다. 무엇보다도 그 허약한 박꽃 누나를 지켜 주지 못하는 것이 안타까워 견딜 수가 없었다. 백곰의 부탁 때문은 결코 아니었다. 그런 건 오히려 용운의 마음에 어떤 거부감을 불러일으켰다.

'너 같은 쌍놈 따위가 어떻게 그 고운 누나를 사랑한단 말이야! 썩 꺼져 버려!'

반감과 고마움이 교차하는 감정 속에서 용운은 속으로 부르짖었다. 하지만 이미 그 누나는 정신줄을 놓았고 백곰 반장은 사라져 버렸는데 무슨 소용이란 말인가. 용운은 남몰래 긴 한숨을 내쉬었다.

'누나, 미안해요. 나 혼자 도망치려 한다고 생각하겠죠? 하지만 여기서는 더 어쩔 수가 없어요. 엄마보다 더 좋아한 누나. 그 포근한 가슴 속에 안겨 꿈을 꾸고 싶었어요. 그렇지만 안 돼요! 이제 가야만 해요! 여기 있다가는 죽고 말 테니까요. 하느님, 고운 우리 누나를 좀 지켜 주세요. 슬프고 예쁜 누나야, 난 가야 해. 하지만 나 혼자만 살겠다고 가는 건 결코 아니에요. 믿어 줘요. 누나, 잘 있어. 언젠가 꼭 다시 와서 누나를 데려갈게.'

벽시계가 세 번을 쳤다. 용운이 부스럭거리며 일어나자 불침번이 물었다.

"뭐여?"

"변소 좀 갈라구요."

"빨리 갔다 와."

불침번은 게슴츠레한 눈으로 귀찮다는 듯이 말했다.

"예."

용운은 짐짓 급한 듯 종종걸음으로 걸었다. 생경한 공기가 코를 통해 폐 속으로 들어왔다. 밖은 지독한 안개로 휩싸여 있었다. 가뜩이나 그믐이라 어두운데 안개까지 끼다 보니 발 아래 조차도 분간하기가 어려울 지경이었다.

"가는 날이 장날이라더니, 야~ 빨리빨리 움직이자."

초조한 모습으로 기다리던 삐에로가 장애물에 부딪칠세라 손으로 안개 속을 휘저으며 앞서 나갔다. 이미 초여름이었지만 밤안개는 몸을 으스스하게 휘감았다. 마음은 급하고 안개 속을 더듬어 나가는 건 힘이 들었다. 그때 용운의 발에 뭔가 텅 소리를 내며 부딪히더니 물이 쏟아지는 소리가 났고 이어 양철통이 굴러가며 요란한 소리를 냈다.

잠귀 밝은 셰퍼드가 컹컹 짖어댔다. 특별히 훈련된 그놈은 불침번이 나오도록 계속 컹컹 목청을 울렸다. 다급해진 탈출자들은 발을 헛디뎌 도랑으로 굴러 떨어지기도 했고, 갑자기 눈앞을 막아서는 나무나 기둥에 몇 번이나 부딪칠 뻔도 했다.

"형, 어쩌지?"

"음, 좋아! 토끼는 놈이 어려우면 잡으러 오는 놈들도 어렵겠지. 흐흐."

웅덩이를 잘못 디디고 넘어질 듯 휘청거린 삐에로가 오기 띤 소리로 씨부렸다. 그때 바로 뒤쪽에서 컹컹 개 짖는 소리가 들려왔다. 불침번이 외치는 소리도 좀 멀리서 들려왔다.

"멈춰라! 거기 서! 발사한다!"

둘은 헉헉거리며 뛰었다. 이윽고 눈앞에 바다가 희뿌옇게 보였다.

"형, 어떡할까? 저 콜타르 같은 지옥 바다를 과연 건널 수 있을까?"

"안 가면 죽어. 가는 데까지 가보자구. 흐흐."

삐에로가 개펄로 내려서며 말했다. 앞은 희미했지만 발 밑으로 개펄이 밟히는 걸 보니 간조 때가 맞긴 맞는 모양이었다. 뒤에서 총소리가 연달아 들려왔다. 그리고 여러 사람이 멀리서 떠들며 추격해 오는 소리도 희미하게 감지되었다.

"아앗!"

갑자기 용운이 신음을 흘렸다.

"왜 그래?"

"총알이 귀를 스쳤나 봐."

"괜찮아?"

"형, 상체를 숙이고 빨리 뛰어! 우릴 죽여도 된다는 특명을 내렸나 봐."

"악마 새끼들!"

두 탈출자는 마산포를 바라보며 필사적으로 뛰었다. 발목까지 푹푹 빠지는 펄 속에서 속도를 내기란 쉬운 일이 아니었다. 어떤 곳은 무릎까지 빠지기도 했는데, 그럴 때는 진흙 위를 기다시피 해야 했다. 황소도 삼킨다는 늪지대 얘기가 떠올라 용운은 머리털이 곤두서기도 했다.

"앗, 따가워!"

앞서 가던 삐에로가 갑자기 한쪽 발을 치켜들었다.

"왜 그래?"

"조개껍질에 찔렸나 봐."

"많이 아파?"

"음, 푹 찢어진 듯해. 급하니 우선 바닷속으로 숨자."

"피가 많이 흐르면 안 돼. 바닷물이 피를 마구 빨아낼 텐데. 형, 일단 런닝구로 발을 감자."

진흙으로 칠갑이 된 러닝셔츠를 찢어 발을 싸맸다. 이제 몸에 걸친 것이라곤 팬티 하나뿐이었다. 그때 바로 뒤쪽에서 셰퍼드의 으르렁거리는 소리가 들렸다. 개는 갯벌 앞에서 잠시 멈칫거렸으나 곧 자신의 사명을 떠올렸는지 철벅거리며 쫓아 들어왔다.

"형, 잡히면 우린 끝장이야. 어서 앞만 보고 뛰어들어!"

용운은 삐에로를 부축하며 재촉했다. 그러나 그 순간 셰퍼드가 삐에로의 종아리를 물고 늘어졌다. 삐에로는 넘어져 뒹굴며 진흙투성이가 된 채 신음소리를 냈다. 용운은 다급한 나머지 진흙을 한 움큼 집어 퍼런 빛을 내며 위협하는 개의 눈에 대고 세게 비벼댔다. 개는 어쩔 줄 모르고 빙빙 맴을 돌며 컹컹거렸다. 그때 뒤쫓아온 감시병들이 쌍욕을 섞어 소리쳤다.

"저 개보다 못한 인간 종자들! 이젠 어쩔 수 없다. 제대로 겨냥해서 죽여 버려! 포상금이 있어."

뒤이어 하이에나의 웃음과 같은 괴이한 소리와 함께 총소리가 울려 퍼졌다. 둘은 곧장 헐떡거리며 뛰었다. 그들은 아무것도 느끼지 못했다. 다만 깊은 펄 속을 딛고 빼는 발소리만 들려왔다.

"아얏!"

수상한 선감학원과 삐에로의 눈물

갑자기 삐에로가 소리를 내지르며 푹 엎어졌다.

"다리에 맞았어."

"형, 일어서야만 해. 조금만 힘을 내."

용운은 그를 일으켜 끌며 다급히 말했다.

"으음… 그래, 빠삐용을 생각하며…."

삐에로는 그 상황에서도 영화 장면을 생각하는 모양이었다. 이윽고 바닷물이 찰랑찰랑 발목을 적셔 왔다. 한 발짝 한 발짝 내딛을수록 수위는 급속히 차올라 곧 배꼽을 넘어섰다.

"자, 출발이다!"

"좋아!"

총소리가 어둠을 가르며 그들의 뒤를 쫓아왔다. 총알은 무정하다. 두 어린 탈출자는 러시안 룰렛보다도 더 아슬아슬하게 그들의 운명을 시험하는지도 몰랐다. 순간은 영원과 통한다지만 목숨은 하나뿐이다.

둘은 급히 심호흡을 한 뒤 바다에 몸을 띄웠다. 개소리와 총소리가 마구 섞여 밤바다를 흔들었다. 그 소리는 그들의 목숨을 일촉즉발의 순간에 멈추고 앗아갈 것만 같이 맹렬했다. 둘은 죽을힘을 다해 검은 콜타르 같은 바다를 헤쳐 나갔다. 추적자들의 소리는 차츰 모깃소리처럼 희미해졌다.

여름이라지만 새벽 물은 차가웠다. 더구나 저 멀리 까마득한 마산포를 바라보자 벌써부터 몸이 떨렸다. 만일 저 넘실거리는 거대한 바다를 건너지 못하고 도중에 좌초한다면, 지금 살아 숨쉬는 이 몸뚱이는 하나의 시체가 되어 어디로 가는지도 모른 채 표류하게 될 터였다.

"우선 여기서 빠져나가야 해."

"이 지옥에서?"

"응."

"이곳을 빠져나가면 과연 천국이 있을까? 그곳은 어떤 천국일까?"

용운과 삐에로는 서로 격려하며 두근거리는 심장을 진정시키면서 천천히 헤엄을 쳐 나갔다. 차츰차츰 선감도는 멀어지고 그들은 바다 한가운데로 진입했다. 그런데 참 별일이었다. 가깝게 느껴졌던 마산포가 좀처럼 가까워지지 않았다. 눈 앞에서 가물가물하기만 할 뿐이었다.

용운과 삐에로는 마치 해변 위에서 바둥대는 두 마리 개미처럼 보였다. 저수지나 얕은 해변에서 수영 연습을 할 때와는 달리 깊고 물결이 거센 한바다에서는 아무리 힘껏 헤엄을 쳐도 얼마 나아가지도 않을 뿐더러 오히려 물살에 떠밀려 뒤로 밀려나기도 했다.

그래도 용운은 마지막 기회라고 생각하며 한 뼘씩 한 뼘씩 전진해 나갔다. 세상에서 겪었던 온갖 고생을 떠올리며, 엄마를 생각하며 젖먹던 힘까지 끌어 모았다.

"구름아, 같이 가!"

자기 별명을 부르는 소리에 용운은 헤엄을 멈추고 돌아보았다. 삐에로가 저 뒤에서 힘겹게 물결을 헤치며 다가오고 있었다. 용운은 팔을 물결 위에 쭉 편 채 기다렸다. 가까이 다가온 삐에로의 얼굴은 창백한 채 지친 기색이 역력했다.

수상한 선감학원과 삐에로의 눈물

"형, 왜 그래? 아직 반도 못 왔구만."

"몰라. 생각보다 훨씬 힘드네. 아까 갯벌에서 찔린 발이 저리고…. 총알 맞은 다리가 뻣뻣해지면서 힘이 하나도 없는 게…. 이상해. 피가 계속 흐르는 게 아닌가 몰라."

삐에로는 울상을 지었다. 그는 평소에 괴로울 때도 웃는 표정을 일부러 지었는데 그것은 좀 생소한 느낌을 용운에게 주었다.

"형, 송장헤엄 칠 때처럼 드러누워 봐. 내가 한번 살펴볼게."

삐에로는 일단 물속으로 한번 들어갔다가 나오면서 몸을 틀어 해면에 누웠다. 용운은 그의 다리 쪽으로 가서 살펴보았다. 눈에 띌 만큼 많은 피가 흐르는 건 아니었지만 벌어진 벌건 상처 속에서 가느다란 실 같은 핏기가 엿보이긴 했다.

"형, 염려하지 마. 피는 안 나오니까, 가만히 좀 쉬면 괜찮아질 거야. 평소처럼 채플린 흉내라도 내며 좀 웃어 봐."

삐에로는 짐짓 우스꽝스런 표정을 지어 보려고 애를 썼다. 그러나 차가운 물속에서 굳어 버린 얼굴 근육은 뜻대로 잘 움직이지 않았다. 둘은 파이팅을 외치고 다시 출발했다. 깊이를 짐작할 수 없는 바닷물 속에서 소용돌이가 칠 때마다 원한 맺혀 죽은 물귀신이 잡아끌 것만 같고, 어디선가 피냄새를 맡은 상어가 쫓아와 다리를 싹뚝 물어뜯을 듯한 공포가 밀려왔다.

한동안 잘 가던 삐에로가 또 멈춰 서서 얼굴을 찡그렸다.

"구름아, 다리가 굳어서 힘을 쓸 수가 없어. 아무래도 큰 탈이 생겼나 봐. 니가 걱정할까 싶어 기를 쓰고 따라왔지만, 사실은 허벅지 쪽에 쥐가 나고 힘살이 끊어지는 듯이 계속 아파서 더 어쩔 수가 없어."

그는 헐떡거리면서 겨우 말을 했다.

"형, 마음 단단히 먹어. 포기하면 안 되잖아. 힘겨운 고생 끝에 따 먹는 열매가 더 달콤하다고 형이 전에 말했잖아. 나를 죽이지 못한 것은 나를 더 강하게 만든다고도 했지. 견뎌내자!"

하지만 삐에로는 통증을 참느라 기진맥진해져서 팔에 힘을 내어 헤엄칠 엄두를 내지 못하는 상태였다. 물살이 의외로 거세서 멈춰 있더라도 계속 몸을 파닥거려야만 현상 유지가 가능했다. 삐에로는 얼굴만 밖에 내 놓은 채 물속에서 팔을 조금씩 저으며 말했다.

"구름아, 너 혼자 가. 난 아무래도 안 되겠어. 미안해."

"정신 나간 소리 좀 하지 마! 마산포나 선감도나 이제 여기서는 비슷한 거리야. 죽든 살든, 이쪽이든 저쪽이든 어차피 피장파장이란 말이야. 가다가 죽더라도 차라리 이쪽으로 방향을 잡는 게 낫다구. 지난번에 기둥에 묶여 밤을 새운 기억을 떠올리면 뭘 못하겠어, 응? 죽자사자 가보자!"

"그래, 그래야겠지."

삐에로는 기운을 바짝 모아 외쳤다. 그는 전진하기 위해 용을 쓰고 있었다. 그러나 발을 쓰지 않고 팔만으로는 물살을 차고 나갈 수가 없었다. 용운이 다가가 도우려 했으나 역부족이었다. 용운도 이제 자기 몸도 가누기 버거울 정도가 되었다. 용운의 눈을 바라보던 삐에로는 고개를 흔들었다. 그러고는 물속으로 쑥 가라앉더니 얼마 후 저 아래쪽에서 떠올랐다.

"형! 제발 힘내!"

"구름아, 잘 가!"

"형!"

"구름아, 넌 그래도 엄마를 찾을 희망이래도 있어 좋겠구나. 우리 엄만 날 낳다가 돌아가셨대. 어떤 분인지 도무지 상상하기도 막막해. 야, 잘 가!"

삐에로는 한쪽 손을 들어 흔들었다. 그러더니 또 쑥 물속으로 가라앉아 한참 후에 더욱 더 떨어진 거리에서 떠오르곤 했다. 맥이 빠져서 그러는 것 같기도 했고, 용운이 쫓아오는 것을 막기 위해 그러는 것 같기도 했다. 그리고 용운은 보았다. 항상 웃는 것 같았던 삐에로가 울고 있는 것을. 삐에로의 눈물이 바닷물이 되어 버린 것을. 그 찰나였다. 용운이 결정을 내릴 새도 없이 삐에로는 거센 물살에 쓸려 저 멀리로 떠내려가 버렸다. 어둑어둑한 새벽 바다 위에서 이제 그의 모습은 거의 보이지도 않았다.

"형! 죽지 마! 살아야 해!"

용운이 소리쳤으나 아무런 대답도 들을 길이 없었다. 바다는 암흑의 적막 속에 잠겼다.

"형! 삐에로 형!!"

용운은 울음과 짠물을 함께 삼키며 소리쳤다. 하지만 아무 대답도 들려오지 않자 몸을 돌려 천천히 마산포 쪽으로 헤엄쳐 나갔다. 그의 입에서 흐느낌이 계속 흘러나왔다.

바닷바람이 불면서 물결이 더 거세게 몰아닥쳤다.

용운은 검푸른 바다 위에 등을 댄 채 둥둥 떠 있었다. 그는 거센 파도를 거슬러 오르느라 지친 나머지 곧 숨이 끊어질 듯 헐떡거렸다. 코끝을 스쳐 가는 바람에 소금기와 습기가 진해지더니 갑자기 컴컴한 하늘에서 천둥이 우르릉 쾅쾅 하고 쳤다. 음습한 해풍과 함께 귓가를 때리는 그 소리가 지친 용운에게는 마치 추격자들의 총소리처럼 들렸다. 삐에로를 명중시킨 그 총알이 금방이라도 사방에서 몸을 꿰뚫고 들어올 듯해 용운은 공포에 질린 채 벌벌 떨었다.

천둥 소리와 더불어 번개가 번쩍번쩍하더니 뭔가 차갑기도 하고 뜨겁게도 느껴지는 이물질이 이마와 심장 속을 파고들었다. 이젠 죽는구나 하고 생각하면서도 용운은 젖 먹던 힘까지 다해 몸을 뒤집어 물속으로 잠수를 했다. 거대한 괴물 같은 바다. 물속의 억센 일렁임이 온몸을 비틀어 쥔다. 숨이 가쁜 나머지 수면으로 눈을 살짝 내민 용운은 해면을 마구 두드리는 야릇한 소리를 들었고 그것이 거세게 내려치는 빗발이라는 사실을 알았다.

폭우는 강한 바람을 받아 비스듬히 내리며 용운의 얼굴을 두드려댔다. 통나무 같은 그의 몸은 거센 파도에 휩쓸려 멀리 환상처럼 깜박거리는 마산포의 한 점 흐린 불빛과는 반대 방향인 선감도 쪽으로 떠돌아 갔다. 이미 방향 감각을 상실한 상태였지만 용운은 본능적으로 그 아련하고 무정한 불빛을 쳐다보았다. 그 불빛은 빗줄기에 의해 산산조 각으로 찢기고 있었다.

"엄마…, 박꽃 누나…, 삐에로 형, 그리고 이름도 모르는 그 소녀….""

용운은 멍청이처럼 중얼거렸다. 오로라인 양 반짝이는 불빛의 파편 속에 환영이 어른거리는지도 몰랐다.

"왕거미 사감, 스라소니 놈, 그리고 그들의 손에 맞아 죽은 수많은 아이들."

용운은 울면서 중얼거렸다. 그는 입속에 자꾸 고이는 빗물을 뱉어내 고 삼키며 뇌까렸다.

"왕거미 놈은 말했었지. 너희 놈들이 억울하다고 지랄할 건 없다고. 게으르고 자립심이 부족하고 남한테 신세 지려 하고, 이게 네놈들의 본성이라고. 그리고 전생에 얼마나 악독하게 살았으면 지금 이런 곳에 서 이런 꼴로 썩고 있겠느냐고 말야."

용운은 흐느끼면서 씹어뱉듯 절규를 토했다.

"이 길이 불가능할지 모르지만, 여기서 멈추면 아무것도 할 수 없는 시체가 될 뿐이다! 그러면 아무도 좋아하지 않을 것이고 나 또한 나를 좋아할 수 없다! 죽어서도 퉁퉁 분 내 시체가 그놈들의 놀림감이 되겠 지."

용운은 헤엄을 치기 시작했다. 컴컴한 바다 속에서 그에겐 다만 흐 린 한 점 불빛이 보일 뿐이었다. 천둥 번개가 치고 파도는 가파른 벼랑처럼 조금이라도 기어오르려는 그를 밀어 떨어뜨렸다. 그러나 이제 용운은 지레 겁을 먹거나 기가 꺾이지만은 않았다.

나를 죽이지 못한 것은 나를 더 강하게 만든다. 견뎌내자!

그는 파도에 휩쓸리면서도 결연한 동작으로 목표인 마산포의 불빛을 향해 묵묵히 나아갔다. 한 걸음 밀려나면 이를 악물고 한 걸음 더 나아갔다. 목표도 현재도 두려움도 죽음까지도 모두 다 잊어버린 무심함 그 자체로 바다와 맞서 있을 뿐이었다. 하나의 물거품이랄까. 파도가 허연 이빨을 드러내고 킬킬거리며 그를 갖고 논다. 용운은 허덕거리며 쓴물을 들이켠다. 강철 같은 파도에 뺨을 얻어맞고 팽개쳐져도 낙심하지 않았고, 마침 밀려가는 파도를 타고 운좋게 성큼 전진해도 별로 기뻐하지 않았다. 다만 바닷속에서 바다의 방해를 받으면서도 그 바다를 이용하여 소망하던 뭔가를 향해 발버둥치고 있는 자신과 대면할 뿐이었다.

그래도 다행스런 것은 지난 초여름에 틈을 내어 기본적인 개구리헤엄뿐 아니라 여러 가지 응용 수영법을 익히고 실력을 쌓아 둔 것이 큰 힘이 되었다는 것이다. 정신력은 중요하지만 그것만으로는 아무도 보지 않는 곳에서 홀로 외롭게 투쟁하다가 물고기의 밥이 되기가 십상일 터였다. 다리가 부러진 새는 날개가 있어도 날지 못하며, 날개뿐만 아니라 다리에도 힘이 있어야 비로소 날개짓을 할 수 있다는 어떤 책의

수상한 선감학원과 삐에로의 눈물

구절이 떠올랐다.

어둑한 새벽 바다는 말 그대로 지옥이었다. 용운은 그 속에서 안간 힘으로 몸부림치면서도 얼핏얼핏 떠오르는 과거의 기억들을 떠올리고 있었다. 여덟 살 어린 나이에 부모로부터 버림받은 후 근본도 알 수 없 는 거지 신세가 되어 떠돌았던 날들. 그리고 죄없이 잡혀와 어린 머리 와 가슴으로서는 이해하기 어려운 수많은 일을 겪었다. 그것에 비하여 이 바다는 오히려 순수하고 아름답지 않은가?

막막한 바다 속에서 용운은 마지막 힘을 다하여 물살을 헤쳐 나갔 다. 몸이 뻣뻣해지며 타인의 물체만 같다. 어느새 비가 그치고 먼동이 트고 있었지만 용운은 그것도 느껴지지 않았다. 한참 후에 바다의 물 이랑에 새벽빛이 비쳐 그 현란한 색깔이 금꽃뱀처럼 잔잔히 퍼덕거릴 때야 머리를 들어 심호흡을 했다. 바로 손에 잡힐 듯 가까워진 포구의 불빛은 그때부터 꺼져 가고, 그토록 힘겨웠던 탈출 뒤에 수평선으로부 터 맑게 씻긴 태양이 붉게 떠오르고 있었다.

용운은 수면으로부터 상체를 들고 일어섰다. 그는 눈을 들어 새벽 노을이 진하게 퍼져 가는 하늘을 우러러 보았다. 용운은 속으로 중얼 거렸다.

'엄마가… 그때 저를 버린 게 아니라… 어쩌면 저를 잃어버렸을 거 예요. 그리고 찾으려고 엄청 애쓰셨을 거예요.'

용운은 바다를 벗어나 해변으로 올라섰다. 조약돌들이 발 밑에 밟혀 오그락 가그락 감질맞은 소리를 냈다. 거센 파도에 매일 시달리면서도 울기보다는 웃는 빛으로 내면을 다져 가는 조약돌들. 용운은 그중 하나를 집어 들고 발걸음을 재촉했다.

용운이 작은 마을 어귀에 도달한 것은 새벽이 다 열리고 다시 하루가 시작될 즈음이었다. 그리 위험한 곳은 없었으나 참으로 멀고 더딘 걸음이었다. 땀투성이가 되어 도착한 용운은 숨 돌릴 틈도 없이 샘터에서 몸을 씻고 복장을 갖춘 다음 찔레덩굴 속으로 몸을 숨겼다. 그렇게 다시 하루낮 하룻밤을 꼬박 산길을 걷고 나서 이튿날 새벽, 드디어 단단한 땅을 밟고 마산포에 들어섰다.

'삐에로 형, 잘 있어. 어디로 가든 형을 잊지 않고 행복을 빌어줄게. 박꽃 누나도.'

아득한 선감도 쪽을 보며 중얼거렸다. 어느 한적한 들길로 내려서게 되었다. 모든 게 싱그러웠다. 풀 한 포기 나무 한 그루가 정겹게 느껴졌고, 길섶에 뽀얗게 먼지를 쓰고 앉은 이름 모를 풀꽃까지도 아름답게 미소 짓는 듯했다.

느티나무 위에서 새소리가 물었다.

"애, 너 어디루 가니?"

"그냥 발길 따라 간단다. 여긴 선감도가 아니니까."

"선감도가 어디니?"

용운은 대꾸하지 않고 내처 걸어갔다.

"이 세상엔 없는 곳이지. 천당이나 천국보다 더 아름다웠던 지옥이니까…."

　용운은 수풀 속에서 뱀딸기를 하나 따서 바라보며 중얼거렸다.

선감도 아이들의
넋이라도 위로했으면

오래 전 한여름 땡볕 속에 헉헉거리며 취재차 선감도를 찾아갔을
때, 그곳은 싱그러운 녹음과 길가의 샛노란 민들레와 시원한 바닷바람
으로 맞아 주었다. 그런데 이상하게도 그곳의 주민이 한 사람도 보이
지 않고 섬은 염전 아래 고즈넉하기만 했다. 황톳길 위에 시멘트를 깔
아 놓은 건 서울이나 마찬가지였다. 그 시멘트 길을 걸어 옛 선감학원
을 찾아가는데 뱀 한 마리가 꿈틀거리며 노려보고 있었다. 뱀은 거의
죽어가면서 꼬리를 파르르 떨고 있었다.

그런데 더 놀라운 건 현장에서 취재를 할 만한 사실이 별로 없다는
점이었다.

일제 식민지 시대에 만들어져서 재활 교육이라는 미명하에 8세 이상 20세 이하의 어린 청소년들을 감금하여 그 노동력을 착취했던 곳, 해방 후에도 명랑한 사회 조성이니 새마음 운동이니 뭐니 하는 따위의 슬로건을 내걸면서 불우한 청소년들의 인권을 유린한 악명 높은 곳인 선감원. 일제 식민지 시대부터 1960~70년대의 서슬 퍼런 독재시대를 거쳐 1982년 폐쇄되기까지 거의 반세기에 가까운 세월 동안 수천 명의 청소년들이 갱생교육이라는 이름 아래 수감되어 고생하거나 혹은 죽기도 한 곳.

그런데도 그런 사실을 알리는 팻말 하나 붙어 있지 않았다.

좀 더 가자 그 당시 수용소로 사용되던 시멘트 건물의 황량한 형체만 겨우 확인해 볼 수 있었다. 죽은 원생들이 가매장되거나 내버려졌다는 공동묘지는 수풀에 묻혀 잘 보이지도 않았다.

그 후 2차 취재 때는 눈이 많이 내린 뒤였다. 백설에 덮인 작은 무덤들이 도드라져 보였는데, 숲속을 헤치고 들어가자 그런 봉분이 여기저기 계속 나타났다.

그 무덤들이 바로 한국인의 역사 의식의 한 단면이 아닌가 싶어 착
잡했다. 제대로 한다면 이런 유해를 발굴해야 한다. 그리고 사실을 확
인하고 나아가 작은 기념관이나마 지어 비명에 죽은 수많은 청소년들
의 넋을 위로하고 기억했어야 했다.

다행히 늦게나마 경기도 당국에서 앞으로 유해를 발굴하고 그 터에
위령공원을 조성할 계획이며, 또한 국가 차원에서 진상 조사에 나서야
한다는 여론도 일고 있다. 부디 성사돼 어린 원혼들이 편히 쉬게 되길
바랄 뿐이다.

김영권